틈

틈

1판 1쇄 인쇄 2012년 2월 10일
1판 1쇄 발행 2012년 2월 15일

지은이 | 정미진 외
펴낸이 | 정은숙
펴낸곳 | 마음산책

편집 | 심재경 · 배윤영 · 이승학 · 정인혜   디자인 | 정은화 · 이혜진
마케팅 | 권혁준 · 이연실   경영지원 | 박해령

등록 | 2000년 7월 28일(제13-653호)
주소 | 서울시 마포구 서교동 395-114 (우 121-840)
전화 | 대표 362-1452 편집 362-1451   팩스 | 362-1455
홈페이지 | http://www.maumsan.com
전자우편 | maum@maumsan.com

ISBN 978-89-6090-127-8 03810

* 책값은 뒤표지에 있습니다.

■ 이 도서의 국립중앙도서관 출판시도서목록(CIP)은
e-CIP 홈페이지(http://www.nl.go.kr/ecip)에서 이용하실 수 있습니다.
(CIP제어번호: CIP 2012000278)

틈

정미진 외

마음산책

□ 차례 □

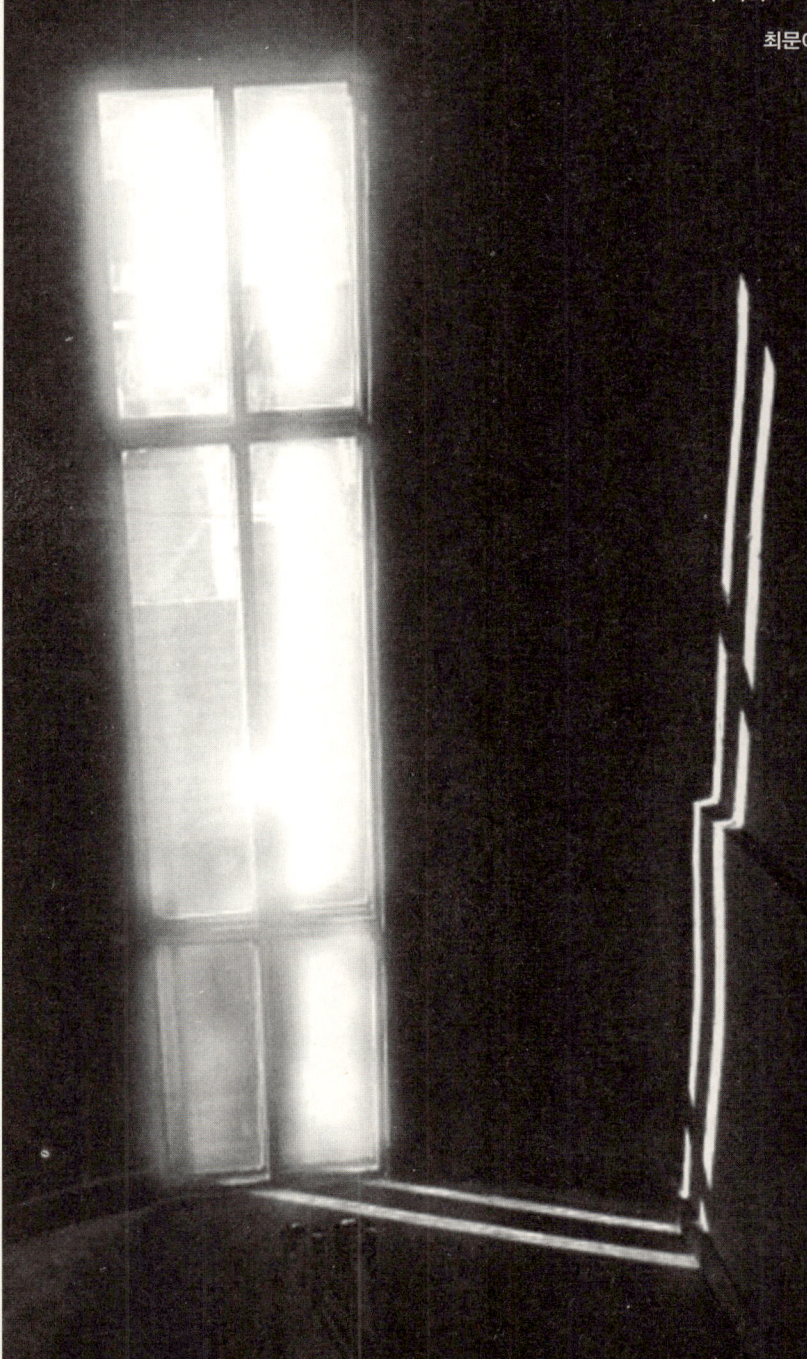

쥐잡기

최문애

최문애

2009년 〈동아일보〉 신춘문예에 「실종」이 당선되어 등단했다. 희곡과 어린이 책을 집필하고 있으며, 지은 책으로 『쉿! 북극곰도 모르는 이상기후의 비밀』(공저)이 있다.

쥐잡기

무대는 민박집 부엌이다. 부엌은 넓어서 거실의 기능도 한다. 호화로운 넓은 식탁과 의자들. 무대 후면에는 큰 창문이 있다. 창문 너머로 넓게 펼쳐진 정원이 보인다. 창문 옆에는 다용도실로 통하는 문이 있다. 무대 왼쪽에는 부엌 출입문이 있다. 그 문을 열면 좁은 복도로 이어지고, 복도를 따라가면 이 민박집의 여러 방들이 있다. 하지만 그 방들은 무대에서 보이지 않는다.

무대 밝아진다. 초인종 소리. 아내, 다용도실에서 나와 부엌 출입문으로 나간다. 남편, 따라 나간다. 복도에서 이야기 소리가 들린다. 남편, 큰 트렁크를 들고 들어온다. 이어서 아내와 손님 들어온다. 손님은 20대 중반의 여자다.

아내   어떠세요?

손님   네?

아내	집이 마음에 드세요?
손님	넓네요. 아주 넓군요.
아내	오늘 첫 손님이세요.
손님	영광이에요.
남편	앉으세요. 뭐 마실 거라도…….
아내	커피 드실래요?
남편	저희 집사람 커피 맛있습니다.
손님	아니요. 커피는 안 먹어서……. 뜨거운 물만 주세요. 차는 가지고 다니거든요.
남편	정말 맛있는데…….
아내	조금만 기다리세요.

아내, 즐거운 표정이다. 전기 포트에 물을 올린다.

남편	(아내의 행동을 주시하다) 여, 여보.
아내	네?
남편	(속삭이듯) 가스레인지.
아내	네?
남편	전기 말고 가스레인지에…….
아내	아…….
손님	왜……?
남편	……뉴스에서 그러는데요. 저게 전기세가 제일 많이 나온대서…….

손님	(알겠다는 듯) 아아.
남편	(순간 날카롭게) 왜 그러시죠?
손님	여기 물가가 비싸죠?
남편	아시는군요.
손님	(둘러보더니) 이런 민박집은 처음이에요.
남편	(좋아하는 표정이 역력하다) 뭘요.
손님	창문 밖이 온통 초록빛이네요.
아내	(기다렸다는 듯이) 저 정원도 저희 거예요. 원하신다면 산책을 하셔도 돼요.
손님	아니요. 됐어요. 대자연이라면 여행하는 동안 실컷 봤으니까요. 끝없이 펼쳐진 드넓은 초원과 야생의 모습을 그대로 간직한 채 우뚝 선 산들. 온종일 초원을 걷고, 산을 오르며 보냈어요. 어제까지는 사막을 헤매고 다녔죠.
남편	좋으셨겠습니다.
손님	끝없이 경이로운 자연 앞에서…… 한없이 지루함이 쌓여갔죠. 정원이니 풀밭이니 이제 지긋지긋해요.
남편	……. 그래도 이 도시 속에서 자연을 접한다는 건 또 다른……
아내	(말을 자르며) 조금만 기다리세요. 거의 다 됐어요.
손님	네. (가방에서 차를 꺼낸다)
남편	(손님의 차를 가리키며) 무슨?
손님	아, 이거요? 중국 여행할 때 산 거예요. 맛이 그만이에요. 향도 좋고요. 같이 드실래요? (아내에게) 드실래요?

아내	그래도 될까요?
손님	물론이죠. (남편에게) 어떠세요?
남편	그럼 한 잔 마셔볼까요?

아내, 뜨거운 물과 컵을 가지고 온다. 함께 앉는다.

손님	고맙습니다. (티백을 넣는다. 남편과 아내에게 한 잔씩 준다)
아내	아, 향긋해.
남편	좋은데요.
손님	뭐 비싼 건 아니에요.
아내	이분 세계 일주를 하셨대요.
남편	그래요? 아이구, 이거.
손님	네. 중국부터 시작해서 대륙을 따라 쭉 왔어요.
남편	참 대단하십니다.
손님	뭘요. (명함을 꺼내며) 사실 저 여행 작가예요. 지난 삼일 동안 세계 일주를 했죠.
남편	아, 여행 작가시군요. (명함을 들여다보며) 드넓은 유럽을 내 품 안에. 아, 손님들마다 들고 다니는 이 책! (일어나서 악수를 청한다) 이거 영광입니다.
아내	어머, 정말 그분이세요?
손님	이게 뭐 별것도 아닌데요.
남편	유명하신 분을 이렇게 직접 만나 뵙다니…….
손님	유명하긴요. 그냥 책이 잘 팔린 것뿐이죠.

남편	잘 팔려요?
손님	네. 제 입으르 이런 말하기 좀 그렇지만…… 제법 팔렸거든요.
남편	그럼 돈도……?
손님	아무래도요. 이번 여행도 그 때문이고요.
남편	그럼?
손님	이제 유럽이 아니라 남미, 아시아, 아프리카까지 시리즈로 낼 생각이에요.
남편	아아, 훌륭하십니다.
아내	여자분 혼자서 대단하세요.
남편	저……
손님	말씀하세요.
남편	혹시 이런 거 여쭤봐도 될지 모르겠지만…… 우리 집에 오신 게…… 혹시……?
손님	네?
남편	혹시……
손님	아, 소문 듣고 왔어요.
아내	(긴장하며) 소문이요?
남편	어떤 소문을 들으셨죠?
손님	하도 여러 가지 얘기를 들어서요.
아내	여러 가지?
손님	네. 인심 좋고, 음식 맛 좋고, 잠자리가 편안하고, 샤워 시설이 최신식이고…… 또 뭐가 있었더라. (곰곰이 생각

하다가) 너무 많아서 다 생각이 나질 않네요. 일단 제 눈으로 시설이 좋은 건 확인했으니까 아예 근거 없는 얘기는 아닌 것 같아요. 사실 여기 온 이유는요……

남편　이유요?

아내　이유가 따로 있나요?

손님　아까 말씀 드린 책 있잖아요.

남편　책이요?

아내　그 시리즈로 낸다는……?

손님　제 책에 이 집에 대한 얘기를 실을 계획이거든요.

남편　그게 정말입니까?

아내　우와.

손님　좋은 곳을 소개하는 게 제 역할이니까요.

남편　내 예감이 맞았어. 이런 일이…….

아내　그럼 저절로 광고가 되겠네요?

손님　숙박 시설 코너에 겨우 몇 자 들어가는 정도인데요, 뭘.

남편　베스트셀러에 우리 집이?

손님　사실 이런 사업은 소문이 중요하잖아요.

아내　소문…….

남편　그렇죠, 소문.

손님　입소문 한번 씽씽 타기 시작하면 일파만파 퍼져 나가거든요.

남편　책이 팔려나갈 때마다 우리 집이 알려지겠죠.

아내　책이 많이 팔릴수록 우리 집에 손님이 많아질 거예요.

손님	돈이 돈을 부르는 법이죠.
남편	아아, 잘 부탁드립니다.
아내	잘 좀 봐주세요.
손님	제가 잘 안 봐드려도 잘나가고 계신 것 같은데요, 뭘.
남편	무슨 말씀이신지……?
손님	그냥 들은 얘긴데……
남편	궁금합니다.
아내	빨리 말씀해주세요.
손님	호텔을 지으신다고요?
남편	아니, 그걸 어떻게 아시죠?
손님	소문 들었어요.
아내	소문 참 빠르네요.
손님	외국에 나와서 자수성가하시고 참 대단하세요.
남편	(우쭐하지만 애써 참으며) 뭐, 자그마한 호텔입니다.
손님	제가 베스트셀러 작가라지만 어디 사장님만 하겠어요?
남편	아, 아닙니다.
아내	아직 공사 중인걸요.
손님	겸손하시기까지.
남편	(칭찬을 받아 기분이 좋아졌다)
아내	(눈에 띄게 기분 좋아진 모습이다)
손님	저 부탁 하나 해도 될까요?
남편	(자신감이 생겨) 뭐든지.
아내	(생기 있게) 말만 하세요.

손님	제가 세계 여행을 하느라 빨래가 많이 밀렸는데 세탁기 좀 쓸 수 있을까요?
아내	세탁기……요?
남편	그게 좀……
손님	곤란하세요?
남편	원래 저희 집에서는……
아내	(말을 자르며) 그렇게 하세요.
남편	(아내를 말리려는 듯) 저, 전기……
아내	빨랫거리 저희들한테 주세요. 처음이라 작동에 서투실 테니까.
손님	고맙습니다.
아내	빠는 김에 신발도 빠세요. 아까 보니까 좀…….
손님	어머. 세심하셔라.
아내	이 정도 가지고 뭘…….
남편	손님이 편하셔야 저희도 편하죠.
손님	신경 써주셔서 감사해요.
남편	이제 나가보셔야죠?
아내	(지도를 가지고 온다) 여기 지도예요. 나가서 둘러보고 오세요. 한 바퀴 빙 돌고 나면 저녁 식사 때가 될 거예요. 식사 시간은 일곱 시부터 한 시간이에요.
손님	꼭 나가야 되나요?
아내	그런 건 아니지만…… 식사 준비도 해야 하고…….
남편	이 사람이 요리할 때 누가 옆에 있는 걸 별로 안 좋아해

서요.

손님　어쩌나, 급한데…….

남편　무슨 일이 있으신지…….

손님　저 원고를 내일까지 넘겨야 돼서요.

남편　내일이요?

아내　그렇게나 능력이 좋으세요?

손님　한창 여행 시즌이잖아요. 때를 놓치면 안 되거든요.

남편　정말 대단하십니다.

손님　저, 그럼 저쪽에서 작업을 좀 했으면 하는데…….

아내　그, 그렇게 하세요.

손님, 노트북을 펼친다. 작업을 시작한다. 아내, 부엌으로 가서 저녁 준비를 한다. 남편, 손님의 주위를 얼쩡거리면서 노트북을 훔쳐본다.

손님　냄새가 아주 좋은데요? 음식 맛 좋다는 소문도 확인이 된 셈이네요. (노트북을 두드리며 중얼거린다) "최신식 시설과 깨끗하고 편안한 잠자리를 원한다면 이 집으로 가라. 이 집의 젊은 부부 주인은 친절할 뿐 아니라 음식 맛도 그에 못지않다."

남편　(흐뭇한 미소를 짓는다)

손님　메뉴가 뭐죠?

아내　튀김 요리예요.

남편　아삭바삭한 튀김을 새콤달콤한 소스에 묻혀 먹는 요리.

손님	손이 많이 갈 텐데요.
아내	털 뽑고, 껍질 벗기고, 부위별로 손질하고……. 하루 종일 걸릴 때도 있지만 괜찮아요.
남편	어제 잡은 거라 싱싱합니다.
아내	무엇보다 저렴해서 좋아요.
손님	우와, 맛있겠다. (작업에 열중한다. 사이) 시간이 없어…… 시간이……. 한 시간에 한 대륙씩 써야겠다. 일단 물이라도 한 잔 먹어야지. 급할수록 쉬었다 가야 해. (싱크대 쪽으로 간다) 저 물 좀 마실 수 있을까요?
남편	물이요? 물론 드릴 수 있죠.
아내	(물을 따르며) 여기 있어요.
손님	고맙습니다. (물을 마신다. 무언가를 발견한 듯) 어?
남편	왜 그러십니까?
아내	왜 그러시죠?
손님	사라졌어요.
남편	뭐가요?
아내	뭐가 사라졌다는 거죠?
손님	쥐.
남편	네?
아내	뭐라고요?
손님	방금 쥐를 봤어요.
남편	농담하시는 겁니까?
아내	쥐가 있다니요.

손님	눈 깜짝할 새 마루 밑으로 사라졌어요.
남편	그럴 리가!
아내	말도 안 돼!
손님	맞아요. 제가 이 두 눈으로 똑똑히 봤어요.
남편	그렇다면 이러고 있을 때가 아니지.
여보	진짜 쥐가 있을까요?

남편과 아내, 잡히는 대로 아무거나 집는다. 둘은 곧 민첩하게 흩어진다. 남편은 복도 쪽으로 아내는 다용도실로 간다.

손님	아마 못 잡으실 거예요.
남편	(소리만) 그런 소리 마십시오. 있다면 꼭 잡아야죠.
아내	(소리만) 그럼요. 있다면 가만둘 수 있나요.
남편	(소리만) 여보! 뭣 좀 보여?
아내	(소리만) 아니요. 쥐꼬리도 안 보여요. 당신은요?
남편	(소리만) 죄다 뒤졌는데 아무것도 없어.
아내	(소리만) 혹시 모르니까 잘 찾아보세요.
남편	(소리만) 알았어.

남편과 아내, 점점 부엌으로 나온다. 그러다 서로 등을 마주친다. 깜짝 놀라서 주저앉는다.

손님	쉽지 않은 일이에요.

남편	손님. 죄송하지만 아무 데도 쥐는 없습니다.
아내	구석구석 뒤져봤지만 아무 데도 없었어요.
손님	유감이에요. 잡았어야 하는데……. 쥐덫이라도 놓으세요.
남편	쥐덫이요?
손님	아님 쥐잡기 전문 회사에 전화를 하시든가요.
아내	쥐잡기 전문 회사?
손님	항상 긴장하셔야겠어요. 언제 다시 쥐가 나올지 모르니까요. 수정 사항이 생겼어요. (노트북 앞에 앉는다)
남편	지금 뭐 하시는 겁니까?
손님	있는 그대로, 솔직하게, 진실만을 말한다, 이게 저의 신념이에요.
남편	설마 아까 봤다는 걸 쓰려는 건 아니겠죠?
손님	전 이렇게 쓰려고 해요. (노트북 자판을 두드린다. 중얼거리며) "이 집에는 장기 투숙객이 하나 있는데 언제 어디서 나타나 찍찍거리며 머리를 갉아먹을지 모르니 이 집에 묵게 되는 사람은 정신적 불안함을 감수해야 한다."
남편	정말 그렇게 쓰셨습니까?
손님	물론이죠. 전 거짓말은 하지 않으니까요.
아내	거짓말…….
남편	우린 어쩌란 말입니까?
손님	쥐가 있다는 사실을 아셨으니 당분간은 문을 닫으시는 게 해결책이 아닐까요?
아내	문을 닫으라고요?

손님	네. 빠른 시일 내에 쥐를 잡으시는 게 좋을 것 같아요.
남편	아직 호텔 짓는 데 쓸 벽돌도 다 못 샀는데…….
아내	시멘트도 모자라요.
남편	인부들 인건비도 줘야 하고.
아내	인테리어, 각종 소품비는요?
남편	이러다가 제 날짜에 오픈하지 못하겠어.
아내	하루라도 빨리 열어야 돈 많이 벌어서 성공할 수 있는 데…….
남편	당장 이번 달 집세는 어쩌지?
아내	세금은 어떻게 충당하죠?
손님	(태연히 작업을 한다)
남편	뭔가 오해를 하고 계신 것 같습니다, 손님.
아내	오해. 명명백백한.
손님	뭐가 오해라는 거죠?
남편	아까 제가 드린 말씀을 잘 이해하지 못하신 것 같습니다만…….
손님	어떤?
남편	그러니까 제 말은 이 집 어디에도 쥐가 없다는 거죠.
아내	구석구석 뒤져봐도 쥐는 없었어요.
손님	음, 아니에요.
남편	손님, 이 집을 둘러보세요.
손님	(둘러본다)
남편	넓고 아늑하고 품위 있죠. 집 안 곳곳에 아기자기한 소

품들은 그 분위기를 더해주고 있고요.

아내　깔끔하게 정돈된 그릇들과 청결한 상태를 자랑하는 냉장고. 부엌 바닥은 락스를 묻혀서 빡빡 닦았답니다.

손님　그런데요?

남편　이런 집에 쥐가 나올 리 있겠습니까?

아내　그럴 리가 있겠어요?

손님　(헛기침) 이런 문장을 추가하고 싶어요. (자판을 두드린다. 중얼거리며) "집주인 젊은 부부 내외는 끝내주게 웃긴다." 아, 오타가 났군. 시옷을 빼야지. "끝내주게 우긴다."

남편　방금 한 말 그대로 썼습니까?

아내　그대로 썼나요?

손님　그럼요. 유용한 정보를 가득 실어야 책이 잘 팔리거든요.

남편　이대로는 안 되겠어요. 일단 식사를 한 후에 다시 얘기하죠.

아내　(급히 조리대로 가며) 튀김이 어찌나 바삭바삭한지…….
　　　맛 좀 보실래요?

손님　먹어보나마나 맛있겠죠.

아내　어머.

남편　기분이 풀리셨습니까?

손님　맛있는 음식점일수록 더럽다는 말이 있죠. 아, 또 하나 추가해야겠어요. (자판을 두드린다. 중얼거리며) "이 집의 음식이 굉장히 맛있을지 모르나 항상 의심해라. 극과 극은 통하는 법이니까."

아내, 위협하듯 손님 옆으로 다가온다. 남편, 손님 주위를 왔다 갔다 한다. 취조를 하는 형사처럼.

남편　손님께서 계속 쥐를 보셨다고 주장하시는데요, 그걸 저희가 어떻게 믿습니까? 책에 실을 만큼 확신하십니까?

손님　전 봤어요.

아내　눈을 감고 계셨던 건 아닌가요?

손님　분명히 뜨고 있었어요. 전 눈꺼풀이 한 겹이랍니다.

아내　그동안 수많은 손님들이 있었지만 쥐를 봤다는 사람은 손님 하나뿐이에요. 증거가 있나요?

손님　기가 막히네요. 제 눈과 제 기억이 증거예요.

남편　증거라는 게 뭔지 모르시는군요.

아내　맞아요. 그럼 저희가 납득할 수 있게 그 기억을 꺼내서 보여주세요.

손님　억지 쓰지 마세요.

남편　억지가 아닙니다.

아내　억지가 아니에요.

손님　아무튼 나는 쥐를 봤어요.

남편　얼마만 한 쥐던가요?

손님　제 팔뚝의 반만 했어요.

아내　아니, 그렇게 컸어요?

손님　네.

남편　색깔은 어떻던가요?

손님	진회색이었어요. 털은 아주 짧았고요.
남편	특이한 점은 없었나요?
손님	없었어요. 눈도 작고 수염도 길었어요.
아내	……점점 머릿속에 몽타주가 그려지고 있어요.
남편	그래 어떤 모습이야?
아내	익숙한 모습이에요.
남편	그래?
아내	어디서 많이 본 것 같아요.
남편	가만, 팔뚝의 반만 한 크기, 진회색에 짧은 털, 작은 눈에 긴 수염을 가진 쥐라…….
아내	어디서 많이 본 것 같지 않아요?
남편	그러게 말이야.
손님	그건요, 그냥 일반적인 쥐였어요. 길거리 지나다 흔히 눈에 띄는 그런 쥐요.
남편	그런가.
아내	그런가요?
손님	물론이죠.
남편	그렇다면 밖에서 봤던 걸 안에서 봤다고 착각했을 수도 있겠군요.
아내	아아, 그럴 수도 있겠네요.
손님	이것 보세요, 봤다잖아요. 봤다고요!
남편	흥분하지 마세요.
아내	진정하세요.

손님	마치 팔자걸음인 사람이 일자걸음을 연습하는 것처럼 마루에 그어진 줄을 따라 기어갔다고요!
남편	뭐가요?
손님	쥐가요. 쥐요!
남편	쥐 없습니다.
아내	쥐뿔도 본 적 없어요.
남편	아직도 사막을 걷고 있다고 착각하고 계신 건 아닙니까?
아내	신기루처럼 쥐가 나타난 거죠.
남편	왜 하필 쥐였을까요?
아내	(비웃듯이) 목이 말랐나요?
손님	난 분명히 봤다고요.
남편	민망하시군요.
아내	괜찮아요. 저희 그렇게 옹졸한 인간들 아니에요.
손님	난 분명히…… 분명히 봤는데…….
남편	마루에서 봤다고 했죠? 깨진 마루 밑의 전기선을 쥐 꼬리라고 착각했을 수도 있어요.
아내	일리 있는 얘기예요.
손님	분명히 진회색에 팔뚝 반만 한 쥐가…….
남편	왜 말끝을 흐리시죠?
아내	이렇게 생각해보세요. 이 집으로 들어오는 길에 손님은 평소 갖고 싶던 차를 봤어요. 그런데 그 차 밑에는 길거리에서 흔히 볼 수 있는 그런 쥐가 웅크리고 있었고요. 그 차를 갖고 싶어서 자꾸만 그 차 생각을 하다가 그 밑

에 쥐까지 함께 기억날 수도 있지 않겠어요?

남편   충분히 가능한 얘기죠.

손님   분명히 쥐였는데……

아내   분명히 봤다면 더 강력히 주장하셔야죠.

손님   마루 밑으로……

남편   봤나요?

아내   봤어요?

손님   …….

남편   안 봤나요?

아내   안 봤어요?

손님   …….

남편   안 본 거군요.

아내   안 본 거예요.

남편과 아내, 손님을 가운데 두고 빙빙 돈다. 짧은 사이.

손님   왜, 왜 이래요? (노트북 자판을 두드린다) "이 집은 무시무
        시한……"

남편   그만하시죠, 손님.

아내   멈춰요.

손님   (두려움에 벌벌 떨며) "무시무시한 주인 내외가 사람을 위
        협……"

남편   그만두라고 하지 않습니까?

아내	이제 귀까지 멀었나요?
손님	(온몸이 떨려서 자판을 잘 두드리지 못한다) "……더, 더러운 건…… 피……피하는 게 상책이……이……이다."
남편	다 썼습니까?
아내	끝났어요?
손님	(노트북을 끌어안는다)
남편	안 봤지?
아내	안 봤잖아.
남편	안 봤을 거야.
아내	안 봤겠지.
남편	봤을 리가 없지.
아내	본 적도 없을걸.
남편	안 봤어.
아내	안 봤어.
남편	안 봤어.
아내	안 봤어.

강강술래 하듯 계속 도는 남편과 아내. 그들은 점점 손님이 쥐를 안 봤다는 확신이 든다. 춤을 추기도 하고 만세를 부르기도 한다. 손님, 기진맥진한다. 금방이라도 쓰러질 지경이다. 사이. 남편과 아내, 서서히 손님에게 다가간다.

남편	(위협하며) 노트북 열어.

아내	어서!
손님	(할 수 없이 힘들게 노트북을 연다)
남편	아까 네가 지껄인 말들을 모두 지운다.
아내	지워!
손님	(손이 덜덜 떨린다)
남편	다 됐나?
손님	(힘들게 고개를 끄덕인다)
남편	확인해봐.
아내	다 됐어요.
남편	그럼, 출판사로 전송해.
손님	(반항하려고 하지만 버겁다)
아내	(억지로 노트북을 열어 버튼을 누른다)
남편	잘했어.
아내	완벽해요.
손님	(여전히 벌벌 떤다. 초점을 잃었다)
남편	(노트북을 빼앗아 발로 막 밟는다)
아내	(남편을 따라 한다)
남편	눈 똑바로 뜨고 다녀!
아내	눈꺼풀을 확 꿰매버릴까.
손님	왜……왜 이……래……
남편	몰라?
아내	몰라서 물어?
남편	너 때문에 우린…….

아내	너 때문에 우린 망할 뻔했어.
남편	너 때문에!
아내	너 같은 년 때문에!
남편	물에 빠져도 주둥이만 둥둥 뜰 년아.
아내	쥐새끼 같은 년.
남편	쥐 꼬랑지만도 못한 년.
아내	쥐 오줌 같은 년.

남편과 아내, 손님의 목을 조른다.

손님	사……살려……
남편	닥쳐.
아내	우길 걸 우겼어야지.
남편	이 여자의 죄명은?
아내	영업 방해죄!
남편	그리고?
아내	헛소문을 퍼뜨린 죄!
남편	또?
아내	우리 부부에게 정신적 상처를 입힌 죄!
손님	자……자……잘못……했……
남편	너 봤어?
아내	봤니?
남편	쥐 봤냐고?

아내	대답해, 이년아!
손님	(힘들게 고개를 흔든다)
남편	진작 그럴 것이지.
아내	왜 힘 빼게 만드니? 이 망할 년.
손님	(이제 저항할 힘도 남아 있지 않다)

지친 남편과 아내, 손을 놓는다. 주저앉아 숨을 몰아쉰다. 알 수 없는 욕들을 중얼중얼거린다. 사이.

남편	(손님을 흔들어본다) 어?
아내	왜 그래요?
남편	안 움직여.
아내	(손님을 흔들어본다) 손님! 손님!
손님	(꼼짝하지 않는다. 죽었다)
남편	죽은…… 건가?
아내	(차갑게) 죽었어요.
남편	(이를 어째) 이런…… 어떡하지. 정말 조심하려고 했는데…… 이번만은, 이번만은……. (손님 심장에 귀를 대보며) 진짜 죽었어.
아내	죽었다고 말했잖아요.
남편	이거 또……. 이번이 벌써 몇 번째지?
아내	정확히 스물아홉 번째예요.
남편	(손으로 자기 얼굴을 후려치며) 왜 그랬을까, 왜!

아내   자책하지 말아요.

남편   어떡하든 막았어야 했는데…… 살인만은…….

아내   그만해요. 우는 꼴 보기 싫어요.

남편   (애써 울음을 참으려 한다)

아내   침착해요.

남편   으, 응.

아내   살인이 일어났다는 소문이 나면 우린 끝장이라고요.

남편   소문은 무서운 법이지.

아내   언제 어떻게 새나갈지 몰라요. 문단속 잘 했죠?

남편   그, 그럼.

아내   잘했어요.

남편   (울음을 참지 못하고) 이번만은 조심하려고 했는데…….

아내   여보!

남편   응.

아내   그만해요. 이 여자가 너무 까다롭게 굴었어요.

남편   (울먹인다)

아내   저 여잔 질겨서 씹지도 못할 거야.

남편   (계속 울먹이다가) 고……고집이…… 쇠심줄…… 같았어.

아내   우릴 협박까지 했다고요.

남편   (울먹임이 잦아들며) 거기다가 사기까지 치려고 했어.

아내   도저히 가만둘 수 없었어요.

남편   (점점 확신에 차서) 그래, 저 여자가 화를 자초한 거야.

아내   맞아요.

남편	그래 죽을 만했어.
아내	죽어도 쌌어요.
남편	이제 어떡하지?
아내	옮겨야죠.
남편	어디로?
아내	항상 옮기는 곳으로요. 냉장고가 비좁겠어요.
남편	당분간 장 안 보고 좋잖아.
아내	쓸 만할까요? 워낙 성질이 괴팍해서 퍽퍽하지 않을까 몰라.
남편	잘 손질하면 괜찮을 거야.
아내	절대로 잘 손질해야 돼요.
남편	신경 쓸게.

남편과 아내, 다용도실로 손님을 옮긴다. 무대 텅 빈다. 암전.
무대 밝아지면 남편, 아내를 안마해주고 있다.

아내	아이고, 허리야. 어깨야. 목이야. 머리야. 팔과 다리야. 아이고. 아이고. 나 죽는다. 거, 거기 더 세게 해봐요.
남편	여, 여기?
아내	좀 오른쪽으로.
남편	여기?
아내	당신이 봤을 때 오른쪽.
남편	나 당신 뒤통수 보고 있는데?

아내	눈을 어디다 두고 있는 거예요? 어깨를 봐야죠. 집중을 안 하니 당최 시원하질 않잖아요.
남편	여보, 여기야?
아내	아니, 당신이 쟀을 때 오른쪽이라니까요.
남편	여기 맞는 것 같은데…….
아내	그냥 대충해요, 대충.

초인종 소리.

아내	손님이 왔나 봐요. (남편과 함께 나간다)

사이. 남편, 커다란 트렁크 가방을 들고 들어온다. 아내, 손님 2와 함께 들어온다.

아내	어떠세요?
손님 2	어머, 너무 좋아요.
아내	또……?
손님 2	창밖 경치가 너무 근사해요.
아내	마음에 드셨다니 다행이에요.
손님 2	(창문 쪽으로 걸음을 옮기다가 갑자기 비명을 지르며 식탁 위로 뛰어올라간다) 쥐, 쥐가 있어요.
남편	방금 뭐라고 하셨죠?
손님 2	(울먹이며 쥐를 본 방향을 가리킨다) 저기요. 쥐를 봤어요.

정말 쥐가 있어요!

아내   지금 쥐라고 했어요?

손님, 벌벌 떤다. 남편과 아내, 손님 2에게 천천히 다가간다. 무대 서서히 어두워진다.

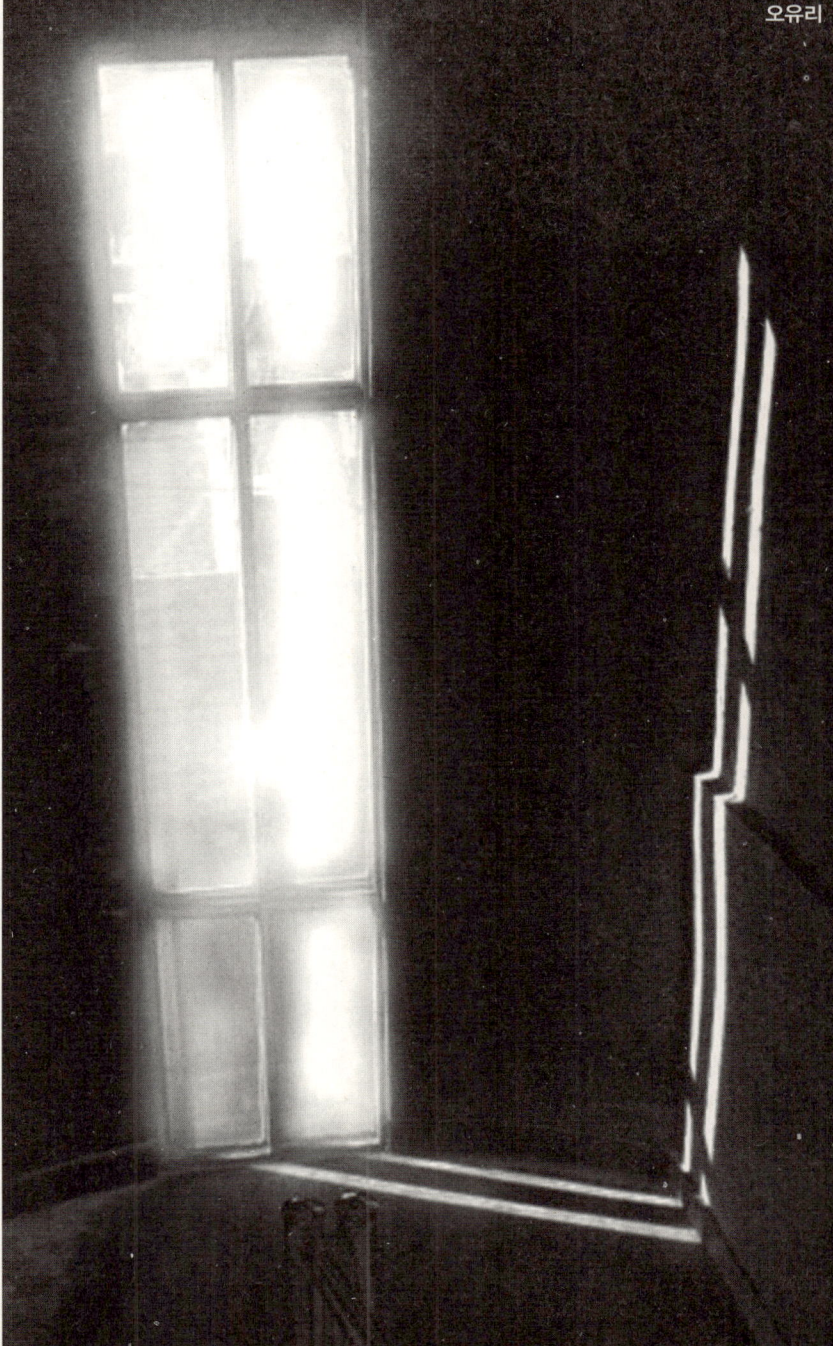

화명도 보건소

오유리

오유리

2006년 우금치문학상에 「희망가」가 당선되어 등단했다. 희곡 창작에 매진하고 있으며, 연극
과 뮤지컬 배우 및 강사로 활동 중이다.

화명도 보건소

무대 아직 어두워지기 전이다. 간호사 객석 앞쪽에서 등장한다.

간호사   (관객을 보고) 이야. 오늘도 환자분들이 많이 오셨네요.
          여기는 위장병 환자, 이분은 감기 환자, 저쪽 분은 눈병
          환자. 눈 감고 다니세요! 그 옆에 앉은 분은 어머, 이거
          굉장히 힘드시겠어요. 치질입니다. 어머나, 정신병 환자
          도 오셨군요. 제가 제일 좋아하는 환자인데. 그리고 어
          디 보자, 중병 환자 참 많으십니다. 딴 게 중병이 아니에
          요. 뭐, (빠르게) 심장병, 백혈병, 당뇨병, 간암, 위암, 폐암,
          대장암, 후두암, 췌장암, 피부암, 유방암, 자궁암, 방광암
          (심하게 숨차 한다) 아무튼! 이런 게 중병이 아닙니다. (가
          슴을 가리키며) 여기, 여기에 병 걸린 게 제일 큰 중병이
          죠. 마음에 병 걸린 분들 말입니다. 이건 약이라도 있으
          면 쓰겠는데 그게 없다는 게 문제예요. 어쨌든 여기 오

신 중병 환자님들 속히 쾌유하시길 바라구요. 저희 보건소에 시간 나시면 한번 들러주세요. (소리 내어 웃다가 의사의 목소리를 듣고 정색한다)

의사　(하품을 하고 기지개를 켜며 걸어 나온다) 송 간호사! (대답이 없자 더 크게) 송 간호사!

간호사　왜요? 저 귀 안 먹었어요.

의사　저기 내 청진기가 없어졌어. 내가 하루 종일 온 사방을 뒤져봐도 어디로 갔는지 안 보이네. 혹시 내 청진기 봤어?

간호사　(의사 등 뒤에 걸려 있는 청진기를 바로 해주며) 여기 있잖아요! 정말 한두 번도 아니고.

의사　아, 또 거기 있었어? (웃는다)

간호사　(관객을 의식하고) 이해하세요. 저희 선생님이 좀 낙천적이시고 좋게 말해서 자유로운 영혼의 소유자, 나쁘게 말하면 정신머리가 없으신 분이라서.

의사　(하품을 하며 들어간다)

간호사　선생님! 어디 가세요? 여기 이분들한테 저희 보건소 오실 때 주의사항 얘기해주시기로 하셨잖아요.

의사　(귀찮은 듯) 그냥 송 간호사가 해. (퇴장)

간호사　(어이없어 하다가 이내 정색하고) 네. 아무튼 저희 화명도 보건소에 오실 때는 뭐 다른 건 필요 없구요, 핸드폰을 좀 꺼주시고, 또 사진 촬영 이런 거 안 되니까 그냥 가방에 넣어두시구요. 꼭 좀 부탁드리겠습니다. (정중히 인사하고 퇴장)

간호사 퇴장하면 무대 어두워진다. 섬을 향해 가는 배 안에서 바라본 영상이 지나간다. 파도 소리 들리다가 잠시 후 무대 왼쪽 조명이 켜지고 용욱 서 있다.

용욱　　사랑하는 예수님께. 예수님. 저는 구로동에 사는 용욱이에요. 지금은 몸이 아파서 잠깐 화명도에 와 있어요. 여기 화명도는 정말 좋은 곳이지만 우리 가족은 구로동 시장 안에 있는 벌집에 살아요. 벌집이 뭔지 예수님은 잘 아시지요? 한 울타리에 (손가락을 세어보다 포기하며) 디게 많은 사람들이 사는데요, 방문에 1, 2, 3, 4, 5……번호가 쓰여 있어요. 우리 집은 32호예요. 지금은 거의가 중국 사람들이 살아요. 시장 밖에는 좋은 집들이 많이많이 생겼거든요. 화장실은 동네 공중변소를 쓰는데, 아침에는 줄을 길게 서서 차례를 기다려야 해요. 저는 그냥 참았다가 학교 화장실에 가기도 해요.*

무대 밝아지면 두 개의 침대가 놓여 있는 입원실이다. 앞쪽으로 의사, 간호사, 황씨가 둘러앉아 보드게임 '젠가'를 하고 있다. 용욱은 파티 피리를 입에 물고 서 있다.

---

* 작품 중 용욱이 쓴 편지는 〈낮은울타리〉 1991년 5월 호에 실린 「용욱이의 편지」를 인용한 것이다.

간호사	용욱아, 네 차례야!
용욱	(신이 나서 달려온다) 오예!
의사	넌 게임에 집중 안 하고 뭐 하나?
용욱	편지 썼지롱.
의사	(기분 좋아하며) 짜식. 내가 팬레터는 이제 그만 쓰랬잖아.
용욱	팬……레……터가 뭐예요?
간호사	팬레터? 음…… 뭐라고 설명하면 쉬울까? 그래, 자기가 많이 좋아하는 사람한테 쓰는 편지라고 생각하면 돼.
용욱	아. (블록을 하나 옮긴 후 간호사에게) 누나, 누나 차례야.
의사	차례예요.
용욱	차례예요.
간호사	(블록을 옮긴 후 의사에게) 선생님. 하세요.
의사	어디 보자. 오, 이거, 만만치가 않은데.
간호사	저, 집중력! 집중력! 선생님. 다른 때도 이렇게 집중력을 좀 보여주시면 좋겠는데.
의사	좋았어. 휴. (간신히 블록을 옮긴다)
황씨	뭐여. 시방 나보고 하라는겨 말라는겨. 오매, 어쩐댜. 으따, 가슴 떨리는 거.
용욱	아줌마 차례예……요!
황씨	쉿! 아무도 움직이지 말어. 말도 하지 말어. (엉덩이를 빼고 조심스레 블록을 옮긴다)

이때 서씨, 우산을 접고 몸을 털면서 문을 세게 닫고 등장. 그 바

람에 쌓아 올린 젠가가 모두 무너져버린다.

서씨	무슨 비가 이렇게나 많이 와.
황씨	(울상을 지으며) 오매! 오매!

사람들 웃는다. 황씨, 서씨를 노려본다.

서씨	(황씨를 보며) 제 얼굴에 뭐 묻었습니까?
황씨	타이밍 하나는 기똥차게 잘 맞춰버리네유.
서씨	(젠가를 발견하고) 야, 다 같이 모여 게임 한 거예요?
용욱	아저씨도 이거 알아요?
서씨	그럼. 아저씨 딸이 이거 굉장히 잘해.
간호사	아, 서울에 있다는 딸이요?
용욱	(반갑게) 어? 우리 집도 서울에 있는데.
간호사	용욱아, 넌 좋겠다. 멋있는 자가용도 많고 큰 빌딩들도 많은 서울이 집이라서. 난 여태까지 딱 한 번 서울에 가 봤는데.
용욱/의사	(동시에) 서울 별로 안 좋아요. (눈을 마주치고 같이 웃는다)
용욱	나는 여기가 더 좋은데.
의사	나두, 나두.
서씨	용욱아, 아저씨도 여기가 더 좋다. (웃는다)
간호사	아. 난 서울 한번 가보는 게 소원인데, 진짜 이상한 사람들이야. 화려한 네온사인, 아찔한 하이힐, 빠르게 지나

가는 자동차들, 활기차게 움직이는 사람들. 와, 생각만
해도 정말 끝내주잖아요. 화명도? 밤이면 적막하지요.
하이힐? 여긴 포장된 도로도 없어서 힐 신으면 굽 나가
버리지요. 자동차라고 있는 건 경운기지요. 그렇다고 사
람들이 활기차? (고개를 돌려 의사를 바라보니 의사 활짝
웃는다) 활기는 개뿔. 쳐다보면 기운 빠지지요.

서씨   가고 싶으면 가면 되지. 왜 누가 서울 못 가게라도 해요?

의사와 황씨, 서씨의 대사에 놀라며 서씨에게 그만하라는 눈치를
강하게 준다. 용욱, 피리를 불며 귀를 막는다. 서씨의 말이 끝나기가
무섭게 간호사 엎드려 운다. 서씨, 영문을 몰라 어리둥절해한다.

간호사   (갑자기 벌떡 일어나 눈물을 닦으며 단호한 말투로 황씨에
게) 아주머니, 벌칙 받으셔야죠.

황씨   얼레? 뭔 벌칙. (모른 척하며) 아까 그건 무효 아녀? 아,
나가 본래는 잘 쌓았는디 서씨가 해필이면 고때 문을
쾅 닫아서 쓰러진 거잖여. 긍께 무효여! 무효!

의사   에, 아줌마, 그런 게 어딨어요.

서씨   아, 그래서 날 (황씨를 흉내 내며) 요렇게 쳐다본 겁니까?
난 또 내가 잘생겨서 쳐다본 줄 알았네. 황씨 아주머니,
그런 거시기한 태도로 게임에 임하면 안 되죠. 아, 페어
플레이도 모르십니까?

황씨   아, 난 몰러유. 서씨 때문에 다 망쳤응께 서씨가 다 책임

져유.

서씨   (의사에게) 벌칙이 뭡니까?

용욱   18번 부르기요.

서씨   18번? (웃으며) 넌 사람들 많은데 무슨 욕을 그렇게 하
       냐. 허허, 농담이고. 그런데 이렇게 비오는 우중충한 날
       에 황씨 아줌마 노래까지 들으면 더 우울하지 않겠습니
       까?

황씨   뭐유?

서씨   기분 나쁘면 노래 부르시든가요.

의사   노래! 노래!

용욱   노래! 노래!

서씨   아줌마, 정말 노래 안 할 겁니까? 흐흐흐흐. (일어서서 노
       래한다. 사람들 환호성 지른다) 아기 갈매기 날아드는 항
       구, 이 시간이 아깝지 않소. 화명도의 미녀 가수 황점례
       를 소개합니다. 다 같이 한 박자 쉬고! 두 박자 쉬고! 세
       박자 마저 쉬고 한 놈 두시기 석 삼 너구리!

황씨   (노래한다. 〈사랑의 배터리〉)
       나를 사랑으로 채워줘요
       사랑의 배터리가 다 됐나 봐요
       당신 없인 못 살아 정말 나는 못 살아
       당신은 나의 배터리
       얼짱이 아니라도 좋아요
       몸짱이 아니라도 좋아요

나만을 위해줄

당신이 바로 내겐 짱이랍니다

한 번 더 나를 안아주세요

가슴이 터지도록 안아주세요

사랑이 약발이 떨어졌나 봐

당신이 필요해요

나를 사랑으로 채워줘요

사랑의 배터리가 다 됐나 봐요

당신 없인 못 살아 정말 나는 못 살아

당신은 나의 배터리

내겐 당신만이 전부예요

당신이 너무 좋아 완전 좋아요

하나뿐인 내 사랑 둘도 없는 내 사랑

당신이 짱이랍니다

사랑을 가득 넣어주세요

가슴에 넘치도록 넣어주세요

사랑의 약발이 떨어졌나 봐

나 지금 외로워요

나를 사랑으로 채워줘요

사랑의 배터리가 다 됐나 봐요

당신 없인 못 살아 정말 나는 못 살아

당신은 나의 배터리

내겐 당신만이 전부예요

당신이 너무 좋아 완전 좋아요

하나뿐인 내 사랑 둘도 없는 내 사랑

당신이 짱이랍니다

아무리 힘든 날에도

당신만 있다면

힘들지 않아 나는 슬프지 않아

당신 곁이라면

내겐 당신만이 전부예요

당신이 너무 좋아 완전 좋아요

하나뿐인 내 사랑 둘도 없는 내 사랑

당신이 짱이랍니다

당신이 짱이랍니다

황씨가 노래를 부르는 동안 모두가 동화돼 함께 춤추고 노래한다. 노래가 끝날 때쯤 상은 들어와 당황해한다. 서씨, 상은을 보고 멈춘다. 모두 따라 멈추고 상은을 본다.

황씨	(도취되어) 당신이 짱이랍니다. (분위기를 파악하고 민망한 듯) 벌써 끝난겨?
상은	난리가 났네.
서씨	왔냐? 어떻게 왔어?
의사	누구……신지?
서씨	제 딸자식입니다. 인사드려. 이쪽은 보건소 의사 선생님

이구.

상은   (서씨의 말을 자르고 건성으로) 안녕하세요. 서상은이라
        고 합니다.

의사   (쑥스러워하며) 안녕하세요.

간호사 안녕하세요. 아저씨한테 이야기 많이 들었어요. 서
        울…… 사신다고. 저는 여기 보건소에 근무하는 송선미
        간호사라고 해요. 화명도가 쬐끄만 섬이긴 한데 그래도
        뭐 이곳에 대해 궁금한 거 있으면 저한테 물어보세요.
        제가 여기 토박이거든요.

황씨   (간호사를 밀치며) 오매, 서울에서 오느라고 욕봤소. 날
        도 궂은데 대간하겠네. 나는 여그 선상님덜 밥도 해주고
        보건소 청소도 해주는 황점례라고 혀요. 만나서 반갑구
        마잉.

간호사 (상은의 눈치를 보고 황씨와 의사를 잡으며) 자, 자. 우린 이
        제 많이 놀았으니까 그만 나가죠. 용욱이도 누나랑 밖
        에 가서 놀래?

용욱   (고개를 저으며 오른쪽에 있는 자신의 침대로 간다) 나 할
        일 있어요. 무지 바빠요.

의사   (어쩔 수 없이) 그래. 그러면 조용히 하고 있어야 돼.

황씨   (억지로 끌려 나가며) 아, 많이 안 놀았잖여. 한 판 더 해
        야 하는디.

의사, 간호사, 황씨 퇴장. 용욱은 침대 위에서 무언가 적기 시작한다.

상은   나가요.

서씨   비 오는데 어딜 가. 여긴 갈 데도 없어.

상은   (용욱을 살짝 의식하며 체념한 듯 의자에 앉는다)

서씨   (앉으며) 밥은 먹었냐?

상은   얼굴 좋아 보이네.

서씨   나야 뭐 늘 똑같지. 하구 많은 날 중에서 왜 이렇게 날
       궂은 날 왔어?

상은   그러니까 누가 이런 데 와서 있으래?

서씨   오늘 일요일 아닐 건데 회사는 어떡하고 여기까지 왔
       어?

상은   그만뒀어. 회사.

서씨   회사를 왜 그만둬? 남들은 못 가서 환장한 그 좋은 데
       를 왜 그만둬?

상은   그럼 나보고 어떡하라고. (한숨) 그만두고 쥐꼬리만 한
       퇴직금이지만 정리해서 빚쟁이들 몇 명만 임시로 달래
       고 왔어. 어차피 더 다니고 싶어도 못 다녀. 빚쟁이들 만
       날 회사로 찾아와서 이제 나 얼굴 들고 다닐 수 없게 해
       줬거든. 아빤 팔자 좋다. 마음도 편한가 봐? 노래가 절로
       막 나와?

서씨   너한테 면목이 없다.

상은   여기 힘들지 않아?

서씨   힘들기는. 천국이 따로 없어. 공기 좋고 물 좋고 사람 좋
       고. 못난 애비 때문에 너만 고생이지.

용욱	여기 천국 아닌데. 화명돈데. 천국은 천당이고 하늘나라고 예수님 믿으면 가는 덴데.
상은	저 사람 뭐야?
서씨	그래, 용욱아. 맞어. 천국 저 위에 있어. 근데 어른들 이야기할 때는 조용히 하고 있는 거지?
용욱	네.
서씨	쟤가 몸은 저렇지만 그냥 일곱 살짜리 머스마로 보면 돼. 그 왜 있잖아. 남들보다 좀 많이 늦는 사람들. 쟤도 원래 서울 사는 앤데 어디가 좀 아파서 여기 왔다나 봐. 여기 보건소 의사가 돈도 안 받고 그냥 봐주는 거 같더라구.
상은	암튼 아빤 언제까지 이러고 살 거야? 아예 여기서 평생 눌러살려고? 그럼 나는? 난 어떡해? 아빠 빛 때문에 나 회사까지 그만뒀어. 그래, 솔직히 나도, 나도 지금 뭘 어떻게 해야 할지 정말 모르겠어. 진짜 미쳐버릴 거 같애. 생각하고 또 생각해도 해답이 안 나와. 뭐라고 말 좀 해봐요, 어떡할 건지.
서씨	(한숨) 미안하다.
상은	아빠! 미안하다고만 하지 말고. 아빠가 잘못했어? 아빠 잘못 아니잖아. 근데 왜 아빠가 죄인처럼 이렇게 숨어 다녀야 돼? 뭐라고 말 좀 해봐요. 이제 어떡할 건지.

전기가 잠시 들어왔다 나갔다 하듯 조명 잠시 깜빡인다. 황씨, 병

실로 얼굴을 빼꼼 내밀고 서씨를 부른다.

황씨   저, 서씨. 대화 중에 미안한디, 위에 잠깐 전기 좀 봐줘
        유.

서씨   (일어나 나간다)

상은   (서씨가 나가자 참고 있던 울음이 터진다)

용욱   (상은이 우는 것을 보고 놀라 어쩌할 바를 몰라 불안해한다.
        휴지가 생각났는지 상은에게 휴지를 가지고 가까이 가서 가
        만 상은을 쳐다보다가) 저기…… 코 나와요.

상은   (용욱이 주는 휴지를 무시하고 뒤쪽으로 가 휴지를 풀어 닦
        는다)

용욱   (상은에게 다시 다가가) 아줌마, 울지 말아요.

상은   저리 가!

용욱   (한 발자국 뒤로 물러난다)

상은   내가 울든 말든 너랑 무슨 상관이야! 너 나 알아?

용욱   (고개를 저으며) 아니요. (갑자기 생각난 듯) 아, 알아요!
        서씨 아저씨 서울에 있는 딸, 맞죠?

상은   (울먹이며) 그게 아는 거야? 너 그거밖에 모르잖아. 나
        잘 모르잖아. 내 이름도 모르고, 내 나이도 모르고 내가
        좋아하는 것도 모르고, 내가 뭘 싫어하는지도 모르잖
        아. 그럼 아는 거 아니야.

용욱   (탁자 위의 젠가 블록을 집으며) 이거 디게 잘하지요? 아
        저씨가 그랬는데. 서울에 있는 딸이 이거 잘한다구.

상은　　(운다)

용욱　　죄송해요. 화났어요? (상은 말이 없자 시무룩하게 의자에 앉아 혼자서 블록을 쌓는다)

사람 1, 2, 3 들어와 상은에게 가까이 가지만 용욱 보지 못한다. 사람 1, 2, 3은 상은의 눈에만 보이는 허상이다. 사람 1, 2, 3의 얼굴 피부는 모두 반쪽씩 벗겨져 있어 마치 괴물 또는 좀비처럼 보인다.

사람 1　　여기 있으면 우리가 못 찾을 줄 알았지?

사람 2　　야, 서장두 어디다 숨겼어?

사람 3　　애비가 저질렀으면 딸이라도 갚아야 하는 거 아냐?

상은　　우리 아빠도 피해자예요. 우리 아빠도 사기당한 거라구요!

사람 1　　배 째라 이거냐?

사람 2　　보자보자 하니까, 막 나가시겠다?

사람 3　　돈 내놔, 돈! 우리 돈 내놓으란 말이야!

상은　　나가요! 여기서 그만 나가! 나가란 말이야!

상은 괴로워하며 사람들을 밖으로 내쫓는다. 용욱이 쌓은 블록이 무너져 내린다. 용욱, 상은을 쳐다본다.

상은　　나가! 나가! 없어져버려. 나한테 오지 말라구! (사람들을 내쫓은 후 주저앉아 울면서) 도대체 나보고 뭘 어쩌라는 거야. 내가 무슨 죄를 그렇게 많이 지었길래 나한테 이러는 거야.

용욱 (상은에게 다가가) 아줌마, 왜 그래요? 나 때문에 그래요? 미안해요. 울지 말아요. (어떻게 해야 할지 몰라 안절부절못하다가) 아저씨, 내가 아저씨 데리고 올게요. (일어난다)

상은 (용욱을 잡는다) 아무도 부르지 마. 그냥 가만히 있어. (천천히 일어나 왼쪽 침대로 가 앉는다)

용욱 가만히? 이렇게? (멈춰진 자세로 꼼짝 않고 서 있다)

상은 (한숨. 멍하게 앉아 있다)

용욱 (자세가 불편해 힘들어한다)

상은 우리 아빠도 참 불쌍해. 참 착한 사람인데. 너무 착해서 당했어. 나쁜 놈. 김 사장 만나면 내가 죽여버릴 거야. 우리 아빠한테 모든 걸 뒤집어씌우고 혼자 날랐어. 우리 아빠 그동안 너무 고생 많이 했는데. 왜 자꾸 이런 일만 생기지. (한숨)

용욱 (낑낑대며) 용욱이 힘들어요.

상은 (그제야 용욱을 인지하고) 어? 너 왜 그러고 있어?

용욱 (같은 자세로) 나보고 가만히 있으라고 해서.

상은 바보, 편히 앉아. 왜 그러고 있어, 바보같이.

용욱 용욱이 바보 아니에요! 바보는 천치고 천치는 멍청이고 멍청이는 아무것도 못 해. 멍청이는 선생님 말도 안 듣는 사람이고 멍청이는 교회도 갈 줄 모르고 기도도 할

줄 모르고 노래도 부를 줄 몰라요! 그치만 용욱이는 선생님 말씀도 잘 듣고 글짓기도 잘하고 교회 가서 기도도 하고 노래도 부를 줄 알아요! 나 글짓기 대회 나가서 상도 받았다구요. 용욱이 바보 아니에요!

상은   미안. 미안해. 바보는 니가 아니라 나야. 나 정말 바보 같다. 난 지금 아무것도 할 수가 없어. 아빠를 위해 내가 할 수 있는 게 아무것도 없어. 돈이 필요한데 난 회사도 그만뒀거든. 아빠가 그만 고생하셨으면 좋겠어. (한숨. 고개를 숙인다)

용욱   (블록을 가리키며) 아줌마, 이거 다시 쌓아줘요.

상은   무너진 탑은 다시 쌓을 수 없어.

용욱   아줌마 이거 디게 잘한다고 그랬는데.

상은   너 이름이 뭐야?

용욱   용욱이요. 김용욱.

상은   용욱이. (잠시 생각하다 결심한 듯) 용욱아. 넌 나보다 훨씬 더 잘 쌓을 수 있을 거야. (일어서 문 쪽으로 간다)

용욱   (일어선다)

상은   (용욱 쪽을 뒤돌아보며) 용욱아. 우리 아빠한테 내가 많이 사랑한다고 전해줘.

용욱   (노래한다) 자기의 일은 스스로 하자! 알아서 척척척, 스스로 어린이!

상은   (나간다)

용욱   아줌마! (뒤따라 나간다)

천둥소리. 또다시 조명이 잠깐 들어왔다 나갔다 한다. 서씨, 옷을 털며 들어온다.

서씨   왜 이렇게 비가 오고 난리야. (둘러보며) 아니, 얘는 어디 갔지?

간호사   (등장하며) 고생 많으셨어요. 여기 전선이랑 차단기가 엄청 오래됐죠? 날 맑아지면 새로 싹 바꿔서 공사를 좀 해야겠어요.

서씨   그러고 보니 용욱이도 없네.

간호사   네? 어? 용욱아! 얘가 어디 갔지? 화장실 갔나? (밖으로 나가) 용욱아! (다시 들어오며) 화장실에도 없는 것 같은데요? 따님이랑 같이 나간 거 아니에요?

의사   (등장하며) 수고하셨습니다. (간호사에게) 송 간호사. 아까 전선 점검하는데 멋있었어. 어째 송 간호사는 못하는 게 없어?

간호사   박 선생님. 혹시 용욱이랑 서씨 아저씨 따님 보셨어요?

의사   아니. 왜, 어디 갔어?

서씨   위에 전기 좀 고치고 들어왔더니 애들이 없네요.

의사   화명도 투어 하러 갔나?

간호사   여기가 무슨 관광지예요? 투어를 하게. 코딱지만 한 섬에서 무슨 투어야, 투어는. (문을 열고) 황씨 아주머니! 잠깐만요!

황씨   왜 뭔 일 있어?

간호사	서씨 아저씨 따님이랑 용욱이가 안 보여요.
황씨	뭐, 보건소가 답답한게 바람 쐬러 갔겠지.
의사	그쵸? 나도 그렇게 생각하는데.
서씨	이런 날씨에요?
간호사	이러고 있을 게 아니라 밖에 나가 한번 찾아봐요.
황씨	다 큰 어른인디 뭘 걱정을 햐. 여그서 갈 디가 어딨다구.
간호사	갈 데가 없으니까 더 걱정이죠.
의사	뭐, 별일은 없겠지만, 그럼 나가서 찾아봐요.

모두 문 옆으로 가는데 의사 가만히 서 있다.

간호사	박 선생님, 안 가세요?
의사	(손을 흔들며 하품을 한다) 다녀와! 난 여기 지켜야지. 그리고 아까 전기 배선 살피는데 너무 무리를 했나 봐. 좀 피곤하네.
간호사	아까 후레쉬만 비췄으면서 무슨 무리예요. 빨리 와요. (억지로 끌고 간다)

모두 우산을 펴고 관객석 쪽으로 내려와 흩어져서 상은과 용욱을 찾는다.

서씨	서상은!
간호사	상은 씨!

황씨	용욱아! 아가 어딨는겨?
의사	꼭꼭 숨어라. 머리카락 보인다.
간호사	선생님!
의사	(딴청을 피우다) 그러니까 내가 안 나온다고 했잖아.
황씨	(관객 중 한 명에게) 오매, 용욱이 여기 있구만!

모두 황씨 곁으로 몰려온다.

의사	용욱이가 어딨어요?
황씨	여그 용욱이 아녀? 오매, 나가 눈이 삐었구마이. 사람을 잘못 봤구만유. 참말로 닮았네. 정신연령 낮아 보이는 거이.
서씨	서상은!

다시 흩어져 상은과 용욱을 찾는다. 때때로 관객에게 인상착의를 말하며 물어보기도 한다. 잠시 후 조명 어두워지며 무대 왼쪽에 서 있는 상은만 비춘다.

소리 1	여자 없이 자네 혼자서 어떻게 애를 키운다고 그래. 더 크기 전에 아동복지시설 같은 데라도…….
상은	(졸린 듯 눈을 비비며 여덟 살이 된 듯 어린 목소리로) 아빠! 상은이 졸린데 지금 어디 가는 거야?
서씨	(목소리만) 애는 내가 키워. 보내긴 어딜 보내!

상은   어? 아빠! 울어요?

소리 2   애까지 딸려 있으면 재혼하기도 쉽지 않아요. 아빠 혼자
       키우면 애 천덕꾸러기만 만든다니까요. 재혼하고 나중
       에 형편 좋아지면 다시 데리고 오면 되잖아요.

상은   어디? 왜 엄마는 상은이 안 데려가고 혼자 재밌는 데 가
       구. 치, 어디 갔는데?

서씨   (목소리만) 상은이 내가 잘 키운다고 집사람한테 약속했
       어. 이제 나한텐…… 얘가 전부야.

상은   하늘나라? 비행기 타고? 상은이도 하늘나라 가고 싶어.
       나두 데리고 가라고 해, 나두. 나두 엄마 따라갈래. (운다)

파도 소리. 무대 위 조명이 마치 길처럼 비추어지고 흰 천이 무대
양 끝에서 팽팽하게 펼쳐져 있다. 천 중앙에 검은 도포를 걸친 얼굴
없는 자가 서 있다.

상은   (오른쪽을 쳐다보며 뭔가에 홀린 듯) 엄마? 엄마 맞지? 미
       안해요. 내가 아빠를 위해 해줄 수 있는 일이 아무것도
       없어. 있잖아, 나, 많이 생각하고 또 생각했어. 내가 없으
       면 아빠도 편히 살 수 있어. 힘들게 살지 않아도 돼. 그
       치? 맞지? 내 말이 맞는 거지?

얼굴 없는 자가 천을 가르며 오른쪽으로 말없이 걷자 상은 홀린
듯이 따라 걷는다.

용욱	(왼쪽에서 뛰어 나오며 상은을 보고 소리친다) 아줌마! 가지 마요! 가지 마요, 아줌마! (상은 쪽으로 어기적어기적 뛰어간다)
서씨	(극장 맨 뒤쪽에서) 저기 상은이 아냐? 상은아! 서상은!

　사람들 무대 쪽으로 뛰어가고 조명 암전. 무대 밝아지면 왼쪽 침대에 상은 누워 있고 오른쪽 침대에는 용욱 누워 있다. 의사, 상은 곁에서 링거를 체크하고 있고, 간호사는 용욱의 이마를 짚어보며 옆에 앉아 있다.

간호사	휴, 이게 웬 난리래요.
의사	그래두 다들 무사하니 다행이지 뭐. 서씨 아저씨는 어디 가셨나?
간호사	서씨 아저씨 속이 어디 속이겠어요? 딸이 죽을 뻔했는데.
의사	(무엇을 찾는 듯 병실 여기저기를 뒤적거린다)
간호사	뭐 찾아요? 또 청진기 찾아요? 선생님은 좋은 학교 나와서 왜 이 촌구석에 기어들어 와서 고생이세요. 서울에 있었으면 돈 많이 벌었을 텐데.
의사	(빵을 집어 들고) 찾았다! 아 배고플 때 먹으려고 예전에 숨겨뒀던 건데 한참 찾았네. (봉지를 뜯어 한입 가득 베어 문다)
간호사	지금 이 상황에서 빵이 넘어가요?
의사	물에 빠진 사람 응급처치하는 데 얼마나 많은 체력 소

모가 되는지 알아? 허기져 죽는 줄 알았네.

상은이 누워 있는 상태에서 물을 마시려다가 물병이 바닥으로 떨어지자 의사와 간호사, 상은 곁으로 간다.

간호사	정신이 좀 드세요?
상은	(몸을 일으켜 앉으며 주위를 둘러보며 힘없이) 제가 왜 여기 있어요?
의사	(입에 빵을 문 채로) 기억 하나도 안 나세요? (목이 메어 기침한다)
간호사	용욱이 아니었으면 큰일 날 뻔했어요. 물론 익수 시간이 길지 않았고 응급처치도 빨리 해서 다행이긴 하지만 지금은 안정을 좀 취하셔야 할 거 같아요. 마음 편히 먹고 좀 더 주무세요. (의사에게 밖으로 나가자는 행동을 취한다)
의사	(기침하며) 쉬세요. (간호사를 따라 나간다)

상은, 멍하니 앉아 있다가 위에 있는 링거를 보고 억지로 줄을 뽑아 내팽개친다. 용욱 쪽으로 다가간다.

상은	야. 너 일어나. 빨리 일어나! 어서 일어나란 말이야. (용욱의 침대 밑에 주저앉아 운다)
용욱	(눈을 비비며 천천히 일어나 앉는다. 눈이 부신지 인상을 쓰

고 있다. 침대에서 내려와 물을 마신다. 상은을 발견하고 반가운 듯) 아줌마!

상은   야! 너야? 네가 나 살린 거야? 네가 뭔데 날 살려? 네가 뭔데 나 죽지도 못하게 하는 거냐구!

용욱   그렇게 죽으면 지옥 간댔어요.

상은   지옥? 난 사는 게 지옥이야. 살아 있는 게 너무 괴로워서 견딜 수 없어. 하루하루가 끔찍해. 네가 이런 내 기분을 알기나 해? 네가 나에 대해서 뭘 안다고 내 인생에 간섭해? 하긴, 너 같은 애가 어떻게 알겠니.

서씨와 황씨 등장.

황씨   (등장하며) 오매. 아가 깨어났냐? 모두 정신덜 채렸구먼. 시상에 다행이여, 다행. 나가 따뜻한 미음 좀 쑤어 왔어. 근디 시방 넘어가겄나 모르겄네. (눈치를 살피며) 어째 분위기가 영 거시기허요.

서씨   (등장하며) 지 목숨 살려준 고마운 애한테 감사는 못 할망정 뻔뻔스럽게 뭘 잘했다고 큰소리야? 못된 년. 그냥 뒈져버리지 뭣하러 다시 살아왔어? 멀쩡히 지 애비가 살아 있는데 스스로 목숨을 버려? 너 그렇게 바다에 빠져 죽게 하려고 이때까지 내가 너 키워놓은 줄 알아?

황씨   서씨. 고만혀요. 오죽 힘들었으면 그랬을까.

상은   다시 죽으러 가면 되잖아. 이번엔 안 보이는 데서 죽어줄

게. 됐지? 그냥 없는 딸이라고 생각하고 살아. 그럼 되잖……

서씨   (상은의 뺨을 때리며) 너 지금 그걸 말이라고 해? 어? 애비 앞에서 그런 말이 나와!

황씨   (서씨를 말리며) 아따, 서씨. 말로 혀요! 말로 혀도 다 알아들을 큰 사람을 왜 손찌검을 한다요. 지도 속상하니까 그러는 거지. 아가씨도 그런 말 부모 앞에서 하는 거 아녀.

서씨   내가 널 어떻게 키웠는데. 에미 없다고 손가락질 받을까 봐 남부럽지 않게, 기죽지 않게 그렇게 키웠어. 근데 뭐 어쩌고 저째? 없는 딸? 내가 이제까지 누구 때문에 살았는데!

상은   그래? 그럼 나 기죽이지 않게 하려고 빚쟁이들이 회사까지 찾아오게 만든 거야? 누가 아빠 볼까 봐 만날 쉬쉬하며 숨어 다니고, 그게 사는 거야? 아빤 나 때문에 살았다고? 난 왜 죽으려고 했는지 알아? 나 아빠 때문에 죽으려고 그랬어. 나 죽으면 나오는 보험금으로 빚 다 갚고 편하게 살라고. 제발 좀 지긋지긋하게 살지 말고, 숨어 다니면서 살지 말고 당당하게 살라고.

서씨   (힘없이) 애비가 못나서 미안허다. (실소하며) 보험금? 이것아. 근데 세상은 말이다, 돈으로 다 되는 게 아냐. 난 말이다, 지금은 이렇게 사정이 좀 힘들고 너를 고생시키고 있지만 나는 불행하다고 생각해본 적이 없어. 좀 없으면 어떻고 고생 좀 하면 어떠냐. 사기 좀 당하고 억울하면 또 어때. 내 마음이 중요한 거지. 살고 싶어도 몹쓸 병 걸려 죽어가는 사람들이 얼마나 많은데 멀쩡한 목숨을 왜 끊어. 왜, 내가 너 보내고 정말 편하게 살 거 같냐? 이것아. 왜 이렇게 생각이 짧아.

번개가 치는 듯 번쩍하면서 천둥소리 들리더니 순간 조명이 꺼져 캄캄하다.

황씨   아따, 이게 뭔 일이랴. 거시기 왜 불이 꺼지고 난리여! 이
      봐유. 누구 없슈? 불 좀 켜봐유! 오매, 하나도 안 보이네.
용욱   불 켜주세요!

의사, 들어온다. 간호사, 핸드폰으로 빛을 비추며 들어온다.

간호사 아까 위쪽에 배선이 약해 보이는 게 꼭 합선될 거 같더
      니만. 빗물이 새어 들어가서 지금 전체적으로 정전이 된
      거 같아요.
용욱   불 켜줘요!
간호사 우리 초라도 켤까요? 박 선생님, 우리 초가 어디 있었죠?
의사   송 간호사가 좀 찾아봐.
간호사 무슨 남자가 이렇게 겁이 많아. 잠깐만요, 제가 찾아볼
      게요.

의사	누굽니까! 자꾸 내 왼쪽 엉덩이만 더듬는 사람이!
황씨	아, 궁둥이었어? 미안혀. 앞이 안 보잉게 그라지.
의사	왼쪽만 만지면 어떡합니까! 오른쪽도 있는데. 뭐든지 한 쪽에만 치우치면 안 좋은 거예요. 골고루 두루두루 해야지.

번쩍하며 천둥소리 들린다. 의사, 매우 무서워한다.

황씨	(화들짝 놀라며) 오매, 간 떨어질 뻔했구만. 아직 초 못 찾았는감?
간호사	네. 여기 찾았습니다.
황씨	비 오는 날 암것도 안 보잉게 어째 으스스허요.
용욱	난 캄캄해도 다 보이는데.
황씨	시커머서 암것도 안 보이는디 뭐가 보인다 그랴.
용욱	눈으로만 보니까 안 보이지. 마음으로 보면 다 보인다.
의사	마음으로 본다구?
용욱	(파티 피리를 분다)

간호사 여러 개의 초에 불을 켠다. 조명 살짝 환해진다. 모든 사람에게 불이 켜진 양초를 나누어준다. 용욱, 상은 옆으로 가 앉는다.

간호사	와, 너무 이뻐요. 오랜만에 분위기 좀 나는데요?
용욱	(상은에게 휴지를 건네주며) 아줌마, 또 코 나온다.

상은	(용욱의 휴지를 받아 닦는다)
용욱	(다시 자기 침대로 가 무언가 적는다)
황씨	서씨, 여븐께 서울 아가씨 효녀네유. 누가 요즘 같은 시상에 이렇게 앞지를 생각한댜.
서씨	내가, 내가 너무 못나서 딸자식 하나 있는 거 죽게 할 뻔했습니다. 죽은 집사람에게 약속을 했는데. 다른 건 몰라도 상은이만큼은 내가 고생 안 시키고 보란 듯이 잘 키우겠다고 말입니다. 근데 전 참 못난 애비입니다. 내가 무슨 심 봉사도 아니고 딸자식이 지 애비 살린다고 바닷물에나 뛰어들게 하고. 죽지 않고 살아 돌아온 자식한테 위로도 못 해주고 말입니다. 안 그래도 나 때문에 이 녀석만 너무 힘들게 고생하는 거 같아 마음이 너무 아팠는데. 오죽했으면, 오죽했으면 젊은 것이 스스로 죽으려고까지 했겠습니까. 얼마나 힘들었으면. 이런 꼴 보려고 여기까지 온 게 아닌데.
황씨	아자씨. 맴 아퍼도 고만혀요. 이쁜 딸래미 안 죽고 살아왔으면 되았지. 안 그려요? 내도 자식 키워본께 더 바랄 것도 없고, 또 그렇다고 줄 것도 없당께요. 그저 저그들 몸 건강히 잘 사는 거 보는 거 그거 하나로 족한 거지라. 그라게, 그놈의 돈이 웬수요. 생각해보면 참 웃기지 않소? 종이 쪼가리 같은 것이 사람을 죽이기도 허고 살리기도 허니. 안 그려요, 선상님?
의사	아주머니 말씀이 맞아요. 저도 그게 너무 싫어서 여기

내려왔잖아요. 친구들이 저 보면 웃어요. 기껏 이 시골 바닥 내려오려고 의대 공부 했냐구요.

황씨   그라문 고럴 때 선생님은 뭐라고 한다요?

의사   뭐라고 하긴요. 맞다고 하죠. 여기 내려오려고 공부한 거 맞다구요. 내가 필요한 사람들한테 도움을 주기 위해서 공부한 게 맞으니까. 그냥 전요, 그냥 도시에서 개원해가지고 돈 벌면서 편하게 사는 것도 좋지만 많은 사람들의 손길이 닿지 않는 이런 곳에 오는 게 꿈이었어요.

간호사   지난번에 텔레비전 보니깐요, 요즘 안과에선 눈 좋게 하려고 라식이나 라섹이라는 수술들을 많이 한다 하더라구요. 근데 그 수술 비용이 엄청 비싸대요. 그래서 서울에 잘나가는 개인 안과에서는 일반 눈병이 돌 때 눈병 환자들은 안 받고 예약 손님 차 있다고 하고 돌려보낸다나 어쩐대나. 굳이 의료보험 적용되는 환자 여러 명 고생해서 바쁘게 받느니 비싼 수술 하는 환자들 몇 명 받는게 더 나으니까 그런다죠.

황씨   저른, 쓰글 것들이. 아 그라고도 즈그들이 으사여? 아니, 으사가 환자덜을 골라뿐다? 시상에. 말세여, 말세. 그라고 보면 참말 훌륭한 분이여 우리 박 선상님. 나가 박 선상님 볼 적마다 확확 젊어지는 거 같당께. 그 뭐여, 엔도르핀인지 뭔지 그거이 솟아서리. 아, 내 이름이 황점례 아녀, 황점례. 박 선상님 만나서 참말 젊어지는구마이.

간호사   아주머니, 엔돌핀도 아세요?

황씨	그라문. 아 뱟원 밥 지은 지 몇 년인디 고 정도는 알아 야하는 거 아녀. (웃는다. 서씨에게) 아자씨. 아자씨는 딸 래미가 착혀서 참말이지 월매나 좋아유. 나는유, 딸래 미가 서울서 부잣집에 잘살어도 지대루 찾아가보지도 못해유.

조명 황씨만 비춘다.

황씨	야, 복순아. 엄마 왔다. 집에 없냐?
황씨 딸	(놀라며 등장한다) 엄마. 내가 올라올 때는 전화하고 오 랬잖아.
황씨	아니, 서울 올라올 일이 있어서 기양 들른겨.
황씨 딸	(난처한 듯이) 사람들이 엄마 캐나다 사는 줄 알아. 내가 전에 얘기했지?
황씨	그, 그려. 알어. 야, 집에 김치 같은 건 안 떨어졌냐?
황씨 딸	(핸드폰이 울려 받는다) 여보세요?
황씨	오랜만에 와보니께 집이 더 커진 거 같어.
황씨 딸	(황씨에게 조용히 하라는 신호를 주며) 어? 아니야. 어. 시 골에서 이모가 올라오셨어. 아니. 오늘 내려가실 거야. 그래. 그럼 이따 봐. (전화를 끊는다) 김치 다 있어요. 걱 정 말고. (핸드백에서 봉투를 꺼내서 주며) 엄마. 엄마 나 이 때는 영양 보충도 잘 해줘야 해요. 약국 같은 데서 영 양제도 좀 사 드시고 하세요.

황씨	뭐여, 돈이여? 아녀, 됐어. 이거 받으려고 온 거 아녀.
황씨 딸	넣어두세요. 조심해서 내려가시구요. (핸드폰이 울린다) 잠시만요. (전화를 받으며 나간다)
황씨	(조명 다시 밝아지면) 나는 그려두 우리 복순이 원망 하 나두 안 한당께요. 참말로 남 신세 안 지고 지 인생 지 가 잘 사니께 기냥 그걸로 족하지라. 더 바랄 것도 없고 그렇다고 내가 저그한테 줄 것도 없구요. 안 그려요?
간호사	그래두 좀 너무했다. 아줌마 속상하셨겠어요.
황씨	욕해도 어쩌겠소. 죽일 년 살릴 년 혀도 나한틴 금쪽같 은 새낀디. 안 그려요?
간호사	돈이 다가 아닌데. 돈 준다고 그게 효도가 아니잖아요.
의사	그래서 아주머닌 영양제 좀 사 드셨어요?
황씨	나가 뭔 영양제여. 아픈 데도 없구먼. 아 그리고 아프면 여그 박 선상님이 치료해줄 거인디. 안 그려요?
의사	네. 언제든 말씀만 하십시오. 하하하. (웃는다)
황씨	박 선상님이 자식보다 더 낫구먼. (웃는다)
간호사	(의사에게) 선생님. 황씨 아줌마만 고쳐주지 말고 내 뱃 멀미도 좀 고쳐봐요.
의사	20년 이상 못 고친 뱃멀미를 내가 어떻게 고쳐.
간호사	(울먹이며) 무슨 의사가 뱃멀미 하나 못 고쳐요! 나도 서 울 한번 올라가 보자구요. 뱃멀미 때문에 여기서 못 나 가는 게 말이 돼요?
의사	서울에서 온 사람들이 다 서울 별로 안 좋대잖아. 뭐 굳

이 가려고 해.

용욱   누나, 내가 기도해줄게.

간호사   용욱아. 너밖에 없다. 우리 박 선생님이 너 반만이라도 닮았으면.

의사   야, 너 안 자냐?

황씨   아가, 이리 컴컴한 데서 뭐 보면 눈 배려.

용욱   이제 다 썼다. 근데요, 걱정이에요. 비가 와서 편지가 다 젖으면 어떡하죠?

황씨   비 그치고 붙이면 되지.

용욱   아, 그렇구나.

무대 환해진다.

의사   어? 전기가 다시 들어왔어요.

용욱   (좋아하며) 와!

황씨   밖에 비도 그친 모냥이여. 조용허네.

간호사   그러게요.

용욱   이제 비 안 오니까 이거 보내야 되는데.

의사   일루 줘봐.

용욱   (편지를 간호사에게 준다)

의사   (봉투를 들여다보며) 어따 쓴 거냐?

용욱   아, 아, 안 돼요! 보지 말아요!

의사   아, 치사하다, 치사해. 치사 빤쓰다. 안 본다, 안 봐. (편지

를 돌려준다)

용욱　　(편지를 소중하게 가슴에 품고 침대로 가 눕는다)

서씨　　(일어난다)

황씨　　어디 가시게요?

서씨　　비도 멈췄으니까 위에 올라가서 배선 좀 보려고요. (나
　　　　간다)

의사　　(따라 나가며) 아저씨, 같이 가요. 송 간호사, 안 가? 아까
　　　　보니까 전선 잘 만지던데.

간호사　어머. 웬일로 같이 가자고 다 하세요.

의사　　후레쉬 비쳐줘야지.

간호사　(입을 삐쭉대며 의사를 앞질러 나간다)

황씨　　다덜 시장하시겠구먼. 미음을 줄 것이 아니라 나가 나가
　　　　서 맛난 걸 해와야 쓰겠네. (나가며) 아가씨, 쪼깨만 기다
　　　　리쇼잉. 맛있는 거 갖구 올께요. 또 어디 가지 말고.

상은　　네.

상은, 혼자 남은 병실에서 잠시 생각에 잠겨 주위를 둘러보다가 문
득 용욱의 코골이를 듣고 웃으며 용욱의 침대 가까이 간다. 용욱의
이불을 덮어주는데 침대에서 편지가 떨어진다. 편지를 올려주려다가
호기심이 난 상은, 자신의 침대에 가서 앉아 가만히 꺼내어 본다.

용욱　　(목소리만) 사랑하는 예수님, 저는 구로동에 사는 용욱
　　　　이에요. 지금은 몸이 아파서 잠깐 화명도에 와 있어요.

무대 점점 어두워진다. 무대 앞쪽에 용욱 서 있고, 조명이 용욱을
환하게 비춘다. 영상 함께 나온다.

용욱   여기 화명도는 정말 좋은 곳이지만 우리 가족은 구로동
       시장 안에 있는 벌집에 살아요. 벌집이 무엇인지 예수님
       은 잘 아시지요? 한 울타리에 쉰다섯 가구가 사는데요,
       방문에 1, 2, 3, 4, 5…… 번호가 쓰여 있어요. 우리 집은
       32호예요. 지금은 거의가 중국 사람들이 살아요. 시장
       밖에는 좋은 집들이 많이많이 생겼거든요. 화장실은 동
       네 공중변소를 쓰는데, 아침에는 줄을 길게 서서 차례
       를 기다려야 해요. 저는 그냥 참았다가 학교 화장실에
       가기도 해요. 우리 식구는 외할머니와 엄마, 여동생 용
       숙이랑 네 식구가 살아요 우리 방은 할머니 말씀대로
       라면박스만 해서 네 식구가 다 같이 잠을 잘 수가 없어
       요. 그래서 엄마는 구로 2동에 있는 술집에서 주무시고
       새벽에 오셔요

무대 오른쪽 조명 밝아지면 용욱 엄마 주저앉아 술을 먹고 있다.

용욱   할머니는 운이 좋아야 한 달에 두 번 정도 취로사업장
       에 가서 일을 하시고 있어요. 아빠는 청송 교도소에 계
       시는데 엄마는 우리보고 죽었다고 말해요. 예수님, 우리
       는 참 가난해요. 그래서 동회에서 구호 양식을 주는데도

도시락 못 싸 가는 날이 더 많아요

용욱 엄마 (서럽게 운다) 야, 이 애물단지들아! 왜, 왜 태어났어. 왜 태어나서 너도 나도 힘들게 사냐. 죽자. 같이 죽어버리 자. (조명 꺼진다)

용욱 지난 사월 부활절날 제가 엄마 때문에 회개하면서 운 것 예수님은 보셨죠. 저는 예수님이 제 죄 때문에 돌아 가셨다는 말을 정말로 이해 못했거든요. 저는 죄가 통 없는 사람인 줄만 알았던 거예요. 그런데 그날은 제가 죄인인 것을 알았어요. 나는 동네 애들이 나보고 바보 병신이라고 부르는 것도 싫었지만 우리 엄마보고 '술집 작부'라고 하는 말을 듣는 것이 죽기보다 싫었어요. 매 일 술 먹고 주정하면서 다 같이 죽자고 하는 엄마가 얼 마나 미웠는지 아시죠. 지난 부활절날 제가 '엄마 미워 했던 거 용서해주세요'라고 예수님께 기도했는데 예수 님께서 십자가에서 피 흘리시는 모습으로 '용욱아 내가 너를 용서한다'라고 말씀하시는 것 같아서 저는 그만 와락 울음을 터뜨리고 말았어요. 그날 교회에서 찐 계 란 두 개를 부활절 선물로 주시길래 집에 갖고 와서 할 머니와 어머니에게 드리면서 생전 처음으로 전도를 했 어요. 엄마! 예수님을 믿으면 구원을 받는대요.

용욱 엄마 (오른쪽 조명 밝아지며) 흥, 구원만 받아서 사냐! 집주인 이 보증금 50만 원에 월세 10만 원을 더 올려달라고 하 는데 예수님이 구원만 말고 50만 원만 주시면 네가 예수

를 믿지 말라고 해도 믿겠다. (조명 어두워진다)

용욱   저는 엄마가 예수님을 믿겠다는 말에 신이 나서 기도한
거 예수님은 아시지요? 학교 갔다 집에 올 때도 몰래 교
회에 들어가서 기도했잖아요. 근데 마침 어린이날 기념
글짓기 대회가 덕수궁에서 있다면서 우리 담임선생님께
서 저를 뽑아서 보내주셨어요. 저는 청송에 계신 아버지
와 서초동에서 꽃가게를 하면서 행복하게 살던 때 얘기
를 그리워하면서 불행한 지금의 상황을 썼거든요. 청송
에 계신 아버지도 어린이날에는 그때를 분명히 그리워
하시고 계실 테니 엄마도 술 취하지 말고 희망을 갖고
살아주면 좋겠다고 썼어요. 예수님, 그날 제가 1등 상을
타고 얼마나 기뻐했는지 아시지요? 그날 엄마는 너무
몸이 아파서 술도 못 드시고 울지도 못하셨어요. 그런데
그날 저녁에 뜻밖의 손님이 찾아오셨어요. 글짓기의 심
사위원장을 맡으신 할아버지 동화 작가 선생님이 물어
물어 저희 집에 찾아오신 거예요. 대접할 게 하나도 없
다고 할머니는 급히 동네 구멍가게에 가셔서 사이다 한
병을 사오셨어요. 할아버지는 엄마에게 똑똑한 아들을
두었으니 힘을 내라고 위로해주셨어요. 엄마는 눈물만
줄줄 흘리면서 엄마가 일하는 술집에 내려가시면 약주
라도 한잔 대접하겠다고 하니까 그 할아버지는 자신이
지으신 동화책 다섯 권을 놓고 돌아가셨어요. 저는 밤늦
게까지 할아버지께서 지으신 동화책을 읽다가 깜짝 놀

랐어요. 다름이 아니라 책갈피에서 흰 봉투 하나가 떨어
지는 것이 아니겠어요. 펴보니 생전 처음 보는 수표가
아니겠어요. 엄마에게 보여드렸더니 엄마도 깜짝 놀라시
며 "세상에 이럴 수가…… 이렇게 고마운 분이 계시다
니" 하고 말씀하시다가 눈물을 흘리셨어요. 저는 마음
속으로 '할아버지께서 가져오셨지만 사실은 예수님께서
주신 거예요'라고 말하는데 엄마도 그런 내 마음을 아
셨나 봐요.

오른쪽 조명 밝아지면 봉투를 든 용욱 엄마 울고 있다.

용욱   할머니도 우시고 저도 감사의 눈물이 나왔어요. 동생
용숙이도 괜히 따라 울면서 "오빠, 그럼 우리 안 쫓겨나
구 여기서 계속 사는 거야?" 말했어요. 너무나 신기한
일이 주일날 또 벌어졌어요. 엄마가 주일날 교회에 가겠
다고 화장을 엷게 하시고 나선 것이에요.

오른쪽 조명 밝아지면 예배복을 입고 핸드백을 든 용욱 엄마 서
있다.

용욱   대예배에 가신 엄마가 얼마나 우셨는지 두 눈이 솔방울
만 해가지고 집에 오셨더라구요. 나는 엄마가 우셨길래
또 같이 죽자고 하면 어떻게 하나 겁을 먹었어요.

용욱 엄마	용욱아, 그 할아버지한테 빨리 편지 써! 엄마가 죽지 않고 열심히 벌어서 주신 돈을 꼭 갚아 드린다고 말이야.
용욱	저는 엄마가 저렇게 변하신 것이 참으로 신기하고 감사했어요. 고마우신 예수님! 참 좋으신 예수님 감사합니다. 할아버지께서 사랑으로 주신 수표는 제가 커서 꼭 갚을게요. 그러니까 제가 어른이 될 때까지 동화 할아버지께서 제발 건강하게 사시도록 예수님이 꼭 돌봐주세요. 이것만은 꼭 약속해주세요, 예수님! (조명 어두워진다, 목소리만) 너무나 좋으신 예수님! 이 세상에서 최고의 예수님을 용욱이가 찬양합니다. 예수님을 사랑합니다. 2009년 9월 7일 용욱이 드림

무대 밝아진다. 용욱, 일어나 상은에게 다가온다. 상은, 놀라서 편지를 뒤로 숨긴다.

용욱	(상은을 툭툭 치며 탁자 위 젠가를 가리킨다) 이제 저거 쌓아줘.
상은	(탁자 가까이 간다)
용욱	다시 쌓아줄 수 있어?
상은	(고개를 끄덕이며) 응. (블록을 쌓는다)
용욱	무너져도 다시 쌓으면 돼, 그치?
상은	그래. 다시 쌓을 수 있어.
용욱	아줌마 잘한다.

상은	근데 왜 너 나한테 자꾸 아줌마래? 나이 차이도 얼마 안 나겠구만.
용욱	아줌만 몇 살인데?
상은	얘가 끝까지!
용욱	그럼…… (잠시 생각하다가) 그쪽은 몇 살인데요?
상은	그쪽? (웃으며) 끝까지 누나라고 못 부르시겠다? 나 꽃다운 스물아홉이다, 어쩔래?
용욱	(매우 놀라며) 에?
상은	서른이라고 했다가는 애 기절하겠네. 왜 이렇게 놀래?
용욱	그렇게나 많아요? 무슨 꽃다운 나이. 꽃 다 졌네.
상은	어쭈. 나 놀리냐? 아무튼 나 아줌마 아니니까 앞으로 누나라고 불러, 알았어? 야, 그리구 니가 잘 모르나 본데, 원래 여자가 결혼하기 전까지는 무조건 아줌마 아닌 거야. 결혼한 다음부터는 아무리 이쁘고 젊어도 무조건 아줌마인 거구. 알겠냐?
용욱	그럼 나이 많이많이 먹어도 결혼 안 하면 무조건 아줌마 아니야?
상은	그러엄. 이제 말귀를 좀 알아듣는구나.
용욱	알았어. 누나.
상은	(웃으며) 고맙다. 그리고 아까 미안해.
용욱	뭐가?
상은	니가 나 살려줬는데 뭐라고 했던 거.
용욱	용욱이 기억 하나도 안 난다.

| 상은 | (웃으며 블록을 쌓는다) |

서씨와 의사 들어오고, 황씨와 간호사 큰 그릇을 들고 들어온다.

황씨	자, 왔어요, 왔어. 맛있는 주먹밥이 왔어요!
용욱	(매우 기뻐하며) 와! 주먹밥! 주먹밥! 이 세상에서 제일 맛있는 주먹밥!
의사	오! 한판 하고 있었던 겁니까?
용욱	아저씨! 아줌마, 아니 여기 누나 아저씨한테 할 말 있대요.
상은	내가 언제?
용욱	아까아까아까아까 전에 나보고 아저씨한테 전해달라고 했었잖아요.
간호사	무슨 말인데?
용욱	누나가 아저씨 많이많이 사랑한다고 했어요.
상은	야아. (서씨에게) 아빠, 정말 죄송해요.
서씨	아녀, 아녀. 내가 미안허지. 아까 많이 아팠지?
상은	(고개를 젓는다) 제가…… 잘못했어요. 죄송해요. 근데 그거 아세요? 자살이라는 거, 죽는다는 거, 다 남 얘기이고 TV에나 나오는 일인 줄만 알았어요. 근데 나, 정말 벼랑 끝에 몰린 거 같고 아빠를 위해 아무것도 할 수 없는 나 자신이 너무 비참해지니까 그게 남 얘기가 아니라 내 얘기가 되더라구요. 남들은 죽을힘으로 살아야지

하면서 절 욕하겠지만, 나 정말 힘들었어요. 그런 생각이 들데요. 심청이가 공양미 삼백 석만 있으면 아빠 눈이 떠진다는 걸 알았을 때 얼마나 마음이 갑갑했을까. 아빠랑 헤어지는 건 마음이 아팠지만 그땐 정말 바다로 뛰어드는 것밖엔 방법이 없었을 거예요.

용욱   그래도 심청이는 용궁 가서 왕비님이 되어 돌아왔지만 아줌마는 가면 안 돌아왔을 거잖아. 우리 선생님이 그러는데 용궁은 동화 속에만 있는 거랬어요. 진짜루 바다에 들어가면 자라도 없고, 인어공주도 없다구요.

황씨   그려, 용욱아. 니 말이 천 번 만 번 맞구먼.

서씨   우리 오랜만에 요놈 한번 해볼까? 허허허.

다 같이 웃으며 모두 둘러앉아 주먹밥을 먹으며 젠가 게임을 한다. 조명 서서히 어두워진다. 어두운 가운데 다시 상은의 목소리만 들린다.

상은   (목소리만) 우리는 모두 행복을 꿈꾼다. 그러나 모두가 행복하지는 않다. 행복이란 찢겨질 대로 찢겨지고 밟힐 대로 밟혀서 더 이상 일어날 수 없는 가운데 일어나는 사람만이 말할 수 있는 귀한 단어다. 우리가 겪고 있는 이 아픔과 고통은 남들보다 좀 더 행복한 사람이 될 수 있도록 우리가 받은 특별한 선물이 아닐까.

조명 환해지면 등장인물 모두 나와 인사하고 관객들에게 주먹밥을 나누어준다.

곰팡이

정미진

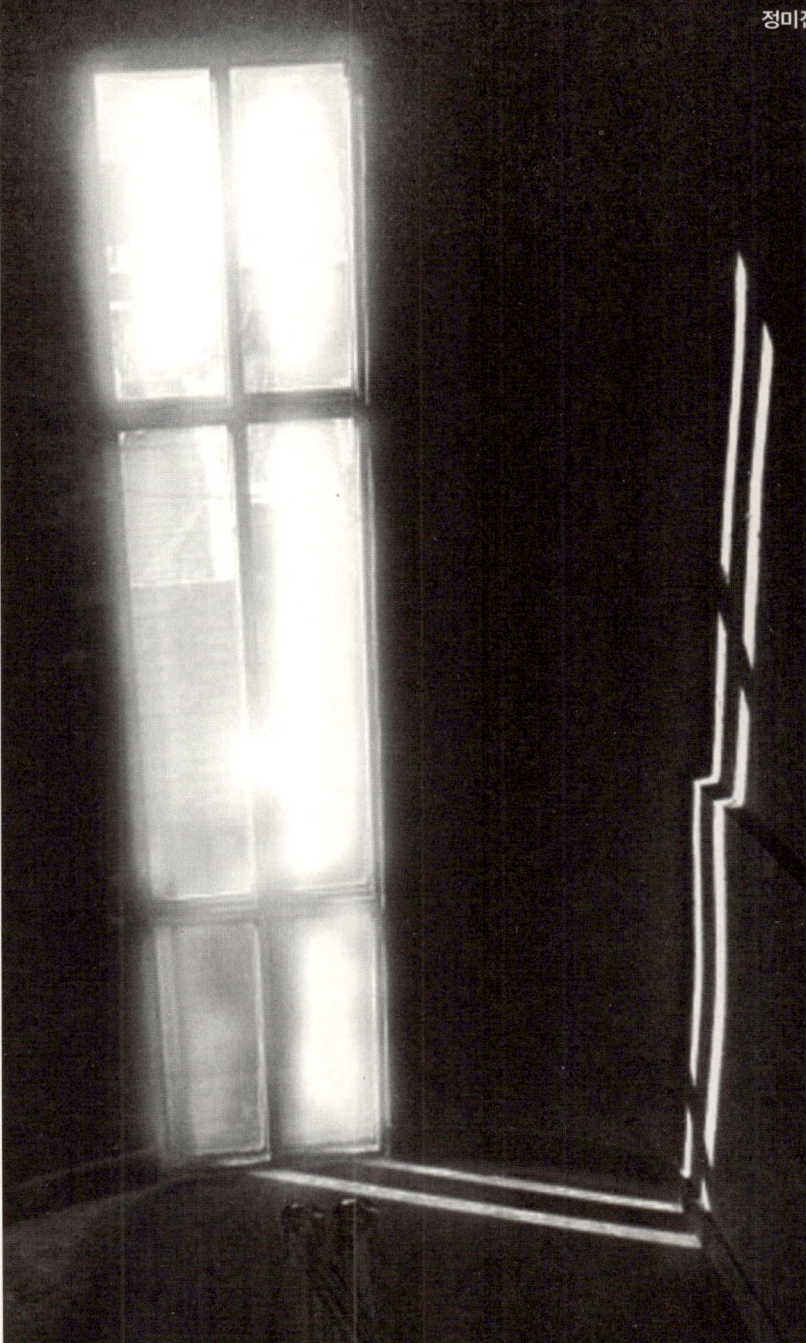

정미진

2003년 〈월간문학〉에 「알래스카 교도소」가 당선되어 등단했다. 주요 작품으로 2004년 〈전남
일보〉 신춘문예에 당선된 「항아리의 꿈」, 2008년 〈더 플레이〉 뮤지컬 대본 공모에 당선된 「날
아라, 병아리」, 2010년 해양문화재단 주최 해양문학상에 선정된 「뱃놀이 가잔다」 등이 있다.

곰팡이

1장 골목길

무대는 전체적으로 어둡고, 가로등이 하나 있다. 가로등을 중심으로 불빛 흐리다. 남철, 추리닝 차림에 모자를 쓰고 전봇대 옆에 쪼그리고 앉아 있다. 영민, 교복 차림에 담배를 피우며 걸어오고 있다. 남철, 버려진 담배꽁초를 발견한다. 불이 없다. 걸어오는 영민을 보고 잠시 움찔한다. 망설이다가 다가간다.

남철　(목소리 굵게 하며 얼굴 돌리고) 저기 학생, 불 좀…… 빌릴 수 있을까?

영민　(쳐다보고 한숨 쉬며) 여기.

남철　(불을 붙이고) 땡큐.

남철, 돌아서 간다.

영민	(남철에게) 아부지.
남철	(들켰다 싶어 돌아서지 않은 채) 봤냐?
영민	모자 썼다고 모를 거 같아서?
남철	(모자 눌러쓰며) 나 얼굴 작아서 모자 눌러쓰면 반 이상 가려지잖아.
영민	웃기고 있네.
남철	(돌아서며) 이 자식이 아부지한테.
영민	(짜증 난 목소리로) 아부지가 아부지라서 아부지라고 부르는 줄 알아?
남철	그럼 아부지가 아닌데 아부지라고 부른단 소리야? 나 니 친아버지 맞는데…….
영민	아부지라 안 부르면 "남철아"라고 불러야 되잖아. 괜찮겠어?
남철	뭐?
영민	이름 대신 불러주는 거라고.
남철	(맞는 말 같기도 하고) 어엉.
영민	(다가가서 모자에 가려진 얼굴을 보려 하며) 또야?
남철	응? (모자 자꾸 눌러쓰며) 아니야.
영민	(보려 애쓰며) 아니긴 뭐가 아니야. 그럼 한밤중에 모자는 왜 눌러쓰고 난리야. 어디 좀 봐.
남철	봐야 뭐…… 그렇지.
영민	(모자 반쯤 들어서 보고) 하…… 또 어떤 새끼야.
남철	(얼른 다시 모자 눌러쓰고) 어떤 새끼는 무슨…….

영민 그럼…… 또, 또야?

남철 아, 아니. 아냐. 무슨…….

영민 (모자를 확 벗기며) 미치겠네. 이번엔 뭘로 그랬어? 엉?

남철 후, 후라이팬.

영민 뭐? 후라이팬으로 여길 맞았단 소리야?

남철 새로 산 거 있잖아, 왜. 후라이팬 손잡이 분리되는 거.

영민 하!

남철 손잡이가 쇠도 아니던데 왜 그렇게 아프냐.

영민 아부지는 왜 그렇게 살아?

남철 내가 뭘.

영민 왜 여자한테 맞고 사냐고.

남철 새끼……. 왜가 어딨어, 왜가. 그럼 술 마신 사람을 어떻게 당해. 술 취한 사람이 비틀대니까 힘 없을 거 같지? 아니다 너, 술 마시면 힘이 얼마나 세지는 줄 알아? 그런 사람 피하는 게 어디 쉬워. 게다가 느이 엄마 때리는데 피해봐. 그 뒤를 어떻게 감당하냐?

영민 그러니까 그러구 왜 사냐고.

남철 왜 사냐건…… 그냥 웃지요.

영민 (기막혀서) 아부진 도대체…….

남철 새끼…… 그럼 맞았다고 안 살아? 부부라는 게 그런 게 아니야. 서로의 마음이 변하지 않는 이상, (얼굴 만지며) 이런 실수쯤은 느이 엄마랑 나 사이에 장애가 안 돼.

영민 (한심하게 쳐다보며) 아부지 지금…… 그 얼굴에 그런 말…… 안 어울려…… 등신 같애.

남철 뭐? (영민의 머리를 때리며) 이 새끼가, 말하는 뽄새 하고
는. 뭐? 등신? 내가 니 친구야, 이 새꺄.

영민 (맞아도 미동도 없이) 엄마한테는 꼼짝도 못하면서…….
그래, 나라도 때려.

남철, 때리는 걸 멈춘다.

영민 맞고 사는 데는 이유가 있을 거 아니냐고. 아무나 맞고
살아? 맞을 짓을 했거나, 맞았으면 같이 때리거나, 그것
도 아니면 집을 나가거나 깽판이라도 치든가, 뭐 그래야
될 거 아냐, 엉? (아버지를 잡고 흔들며) 왜 이러고 사냐
고. 도대체 왜. (위아래로 보며) 뭐가 모자라서! (멈추며)
그래. 모자르지. 아부진 모잘라!

남철 뭐? (영민을 때리며) 이게 아주 아부지를 갖고 놀아요.
(발로 차고 머리를 후려갈기며) 야 이 자식아, 아무리 그래
도 나는 니 아부지야. 아부지한테 잘한다. 너까지 날 무
시해? 니가 이 새끼야, 나 없었으면 세상 구경도 못 했어.

영민 혹시 맞는 거 즐기는 거 아냐? 여자들이 남편한테 맞다
보면 어느 순간 그걸 즐기고 있다던데? 내 친구 선덕이
있지. 걔 엄마가 그렇대. 혹시 아부지도 그래? 카, 카
타…… 카타로써스…… 그거 느끼는 거 맞지?

남철 (비참해지며) 뭐? 뭐 이 쌔꺄? 아부지한테 그 따위로밖

에 얘기 못 해? 밥 처먹여, 술까지 처먹여, 비싼 양담배 사줘 학교 보내놨더니, 학교 가서 그것밖에 못 배웠어? 엉?

영민 (미동 없이 서서) 나 학교 안 다녀.

남철 (때리는 것을 멈추며) 뭐?

영민 학교 관뒀어.

남철 잘렸겠지. 결국엔 잘렸어. 왜, 그때 걔 다리에 철심 박은 거 땜에?

영민 담탱이가 그러는데 꼭 그것 때문만은 아니래.

남철 그럴 거야. 합의금으로 니 엄마가 새우깡 서른 개 들어 있었던 상자에 돈 차곡차곡 채워서 줬으니까. 그거 주고 니 엄마 이틀 앓아누웠어. 다 어떻게 해도 자식새끼는 어떻게 못 해서 분하다고. 내가 그런 사고 쳤으면 아마…… 후…… 생각하기도 싫다.

영민 난 아부지 없는 호로새끼 되는 거지.

남철 뭐? 너 정말…….

영민 나 취직했다?

남철 뭐, 뭘 해?

영민 (자랑스럽게) 취, 직.

남철 나도 못하는 취직을 니가 무슨 수로 해? 어디야? 주유소?

영민 생각하는 게 어떻게 그렇게 미달이야. 그러니까 맞고 살지.

남철 (머리 후려치며) 이 새끼가. 그럼, 교복은 뭐야.

영민 이게 교복으로 보여?

남철	교복이 아니면?
영민	(자신의 명찰을 가리키며) 나…… 안철수 됐어.
남철	뭐, 뭐가 돼? (명찰을 보고) 너 왜 남의 교복 입었어? 니 교복보다 더 쌘빵이긴 하네. 안철수는 누구야?
영민	무식하긴. 안철수 몰라? 컴퓨터 벌레 잡는 사람. 이제부터 나를 안철수라 불러줘.
남철	(때리며) 미친 새끼, 이젠 이름까지 바꿔가며 지랄이네. 야, 이 대가리를 장신구로 달고 다니는 새끼야…….

소리	낫 텔 마마! 안철수를 찾아주세요. 앗싸!

갑자기 나이트 분위기의 조명과 음악. 젊은 남녀들, 나와 춤추고, 삐끼 복장을 한 사람들 나와서 왼쪽, 오른쪽에 테이블을 세팅한다. 왼쪽 테이블에는 여자 손님들, 오른쪽 테이블에는 남자 손님들 앉는다. 영민, 무전기를 차고 술을 나르고 있다.

남1	안철수!
영민	(뛰어가) 네! 부르셨습니까.
남1	너무한 거 아냐?
영민	네? 왜 그러십니까 손님?
남1	하, 눈치가 시금치고만!
남2	너 초짜냐?
영민	네, 저 초짜입니다 손님.

남 2	자랑이냐? 자랑이야?
남 3	(남 2에게) 야, 애들은 다그치지 말고 가르쳐야지. 철수 씨, 있잖아, 나이트에 오면 기본적으로다가 (여자들 있는 테이블 가리키며) 저쪽이랑…… 이쪽이랑…… 응? 응? 응?
영민	아, 그건 알고 있습니다 손님. 그렇지만…… 연령대가 쫌…….
남 1	(화내며) 야, 우리가 왜.
남 2	이게 사람 우습게 보네.
남 3	애들아, 진정해. 철수, 우리 젊어. 우리 아직 스물여섯이 야.
영민	네?
남 1	왜 놀래?
남 3	철수 씨, 막일을 해서 삭아 보여 그렇지 우리 영계야.
영민	(기막히지만) 아, 예……. 그럼 기다리십쇼.

영민, 여자들 있는 테이블로 간다. 영민, 여 1에게 귓속말. 여자들 일어나서 남자들 테이블로 간다. 남자들 좋아하고 영민은 무전기를 통해 새로운 손님이 왔음을 듣는다. 영민, 나간다. 테이블의 여자들, 옆에 있는 남자들 때문에 슬슬 짜증 난다. 사이. 영민, 돌아온다. 여 1, 영민에게 가서 따귀를 때린다. 영민, 놀란다.

2장 집안

인숙, 발톱 깎고 있다. 그 소리가 요란하다. 남철, 퍼렇게 멍든 얼굴로 걸레질을 한다. 인숙의 발톱이 자꾸 남철의 얼굴에 튄다.

남철   (걸레질 멈추며) 너무한 거 아냐?

인숙   뭐가.

남철   자꾸 튄단 말이야.

인숙   누가 거기 있으래.

남철   하루 세 번 닦으라며.

인숙   그러니까, 그게 꼭 지금이어야 하냐구. 나 이거 다 하면 해도 되잖아.

남철   (꾹 참고) 그래, 알았어.

남철, 걸레를 놓고 웅크리고 앉아 있다.

인숙   (남철을 흘낏 보고) 청승맞게.

남철   뭐가.

인숙   그 꼴이 뭐냐고.

남철   내 꼴이 뭐가 어때서. 이게 누구 때문인데. 비디오라도 찍어서 보여줘?

인숙   다 깎았어. 이제 닦아.

인숙, 빨간 매니큐어를 칠하기 시작한다. 남철, 걸레질을 다시 시작한다.

남철   술 좀 작작 마셔.

인숙   누군 마시고 싶어 마시는 줄 알아? 그렇게 싫으면 당신이 벌어.

남철   동물의 세계도 못 봤어? 걔네들도 사냥은 암사자 몫이잖아.

인숙   우리가 사자냐? 엉? 보험왕은 아무나 되는 줄 알아? 이것도 다 비즈니스야.

남철   좋겠다. 술 마시는 게 비즈니스…….

인숙   점점……. 당신 불만이 뭐야? 엊그제 일로 그러나 본데, 한두 번도 아니고 대체 왜 그래? 당신은 일 안 해서 모르겠지만 술 마시는 사람들 그 정도 실수는 다들 해. 알잖아. 남자들도 그런 남자들 많아. 마누라들, 다 참고 살아.

남철   (비참해지며) 술…… 마셔.

인숙   꼭 한 번씩 이러드라? 일 때문에 어쩔 수 없는 거 뻔히 알면서…….

남철   누가 모르나 이 사람아. 다 안다구……. 날 북어 대가리 패듯 패도 좋고, 개처럼 짖으라 해도 좋고, 다 좋아. 근데……

인숙   (이상하다는 듯 쳐다보며) 뭐? 그렇게 말하니까 꽤 찔린다. 이제 맞는 거 혹시 즐기게 된 거 아니야?

남철 나야 뭐…… 맞아도 싸지. 평생을 맞아도 싸지.

인숙 (미안한 마음이 들어) 그냥…… 술김이야. 알지?

남철 알지. 근데…… 당신 아들한테 관심 좀 가져.

인숙 무섭다, 그런 말? 걔가 완전히 백 프로 내 새끼라는 말 같아서 끔찍해.

남철 어째 그러냐.

인숙 왜에. 오십 프로 당신 아들, 오십 프로 내 아들, 걔가 또 왜에. 이번에는 또 어떤 집 귀한 자식이 엉덩이에 철심 박아야 된대? 아니면 거시기에?

남철 너무한다. 어떻게 자기 자식한테 그런 식으로…….

인숙 걔는 내 아들 안 하고 싶은 애야.

남철 엄마가 그러니까 애가 그 모양인 거 아냐.

인숙 걔는 태교부터 잘못된 애야.

남철 이제라도……

인숙 당신도 오십 프로 책임 있으니까 당신이 알아서 해.

남철 누가 들으면 새엄만 줄 알겠다.

인숙 새엄마면 뭐가 걱정이야.

남철 뭐? 허…….

인숙 걔는 이미 태초부터 내 맘에 안 들기로 작정한 애야. 그러니 술 먹고 한 번의 실수로 생기고, 그 바람에 결혼하게 되는 최대의 실수를 저지르고.

남철 그럼…… 술 먹고 실수로 나랑 결혼했다는 거야? 어쩜 그렇게 그런 말을 쉽게……. 당신…… 날…… 사랑하는 게 아니었어?

인숙   사랑?

인숙, 크게 웃는다.

남철   나는 심각한데 웃어?

인숙   (웃음 뚝 멈추고) 그럼 울어? 하긴, 생각하면 딱 울고 싶다. 내가 미쳤지. 교회 오빠가 뭔지. 내 눈에 뭐가 씌어도 단단히 씌었지.

남철   좋다고…… 했잖아. 기타 치는 내 모습.

인숙   그래 봤자 그때 나 여고생이었어. 그런 감정 잠깐이었는데, 아…… 정희 그 기지배가 나한테 술 먹고 댐비라고만 안 했어도…….

남철   나 비참해질라 그런다.

인숙   (한심하게 쳐다보며) 그런 게 비참해져야 하는 게 아니라 걸레 들고 그러고 있는 게 비참해야 하는 거야, 알어? 하긴, 그걸 알면 당신이 몇 년 동안이나 그러고 살겠니.

남철   너무한다, 정말.

인숙   지금 우리 나이가 몇인데…… 사랑이 밥 먹여줘? 밥 먹여준다면 사랑 안 해도 사랑할 수 있어.

남철   그게 또 무슨 소리야?

인숙   응? 나도 몰라. 근데 멋있지 않아? 내가 지금 한 말.

남철	멋있긴. 다 변해도 사랑은 안 변하지. 사랑이…… 어떻게 변해. 성수 생각하는 당신 마음이 변하냐?
인숙	(갑자기 멈칫하며) 그건…… 그게 아니지. 암튼 당신 초딩 같은 소리 좀 하지 마. 만날 집구석에만 있으니까 그렇지. 당신도 좀 나가, 응? 나가서 당신 또래 남자들 뭐 하고 사는지도 보고, 뭐에 관심 있는지도 좀 보고, 응?
남철	나 나가면…… 집에 안 들어온다?
인숙	응. 좋은 생각이야. 멋져.

남철, 벌떡 일어난다.

인숙	왜? 가출하게?
남철	(걸레 들며) 빨아야지. 걸레.
인숙	(그럼 그렇지 하는 표정) 그래. 열심히 빠세요…….

인숙, 발톱을 호호 분다. 남철, 그런 인숙의 뒷모습을 한참 쳐다본다. 안쓰럽게 쳐다본다.

3장 공원

영민과 교복 입은 혜림, 벤치에 앉아 있다. 혜림, 하품한다.

영민   새벽에 나오니까 졸리지?

혜림   아, 아뇨. 전 괜찮은데…… 오빠 너무 힘드시겠다. 남들
       잘 때 일하려면…….

영민   아니, 좋아. 학교 다니는 것보다 훨씬 좋다.

혜림   (쳐다보며) 히…… 오빠 멋져요. 내 주변에 오빠 나이에
       직장 다니는 사람 없거든요. 진짜 대단해요. 볼수록 멋
       있어요. (명찰 이름 가리키며) 안, 철, 수.

영민   (기분 좋아서) 안, 철, 수. 멋지지.

혜림   안철수 되게 훌륭한 사람인데…….

영민   그럼. 컴퓨터 벌레를 아무나 잡니? 컴퓨터에 생기는 벌
       레는 눈에 보이는 것도 아닌데…… 안 그래? 나도 이 이
       름처럼 훌륭해질 거야.

혜림   (줄줄 외듯이) 안, 철, 수. 1962년 2월 26일생. 부산 출신
       으로 서울대 의대를 졸업한 후 컴퓨터바이러스를 잡기
       위해 1995년 3월 안철수 컴퓨터바이러스 연구소라는 이
       름으로 벤처기업을 만들었다. 국내 최초의 컴퓨터바이
       러스 백신 소프트웨어 개발 회사로, 대표적인 제품으로
       는 브이쓰리 제품군을 비롯해 통합 보안 솔루션 에이씨
       에스, 피케이아이 기반 피씨 보안 제품군, (강조하며) 악,
       성, 코, 드, 를 사전 방역하는 보안 컨설팅 서비스도 제
       공한다.

영민   (놀라서) 너…… 그런 거 외우냐?

혜림   뭐하러 외워요. 그냥 언젠가 한 번 봤던 것 같아요. 책에

서…….

영민   너무 똑똑하면, 아니 징그럽게 똑똑하면 매력 떨어진다, 여자는.

혜림   히…… 저…… 멍청해요 되게. 근데 오빠, 삐끼가 무슨 일 하는 거예요?

영민   천재적이지만 순진하구나. 매력 있어. 내가 이래서 널 좋아한다.

혜림   (좋아하며) 그……래요? (부끄러워하며) 아이…… 참. 난 왜 이렇게 순진한 거야.

영민   삐끼란 말이다, 그러니까…… 나이트의 번성을 위해서 손님들의 질을 판단하고 스타일 좋은 손님들을 모셔서 단골이 될 수 있도록 애쓰며 그들의 안녕과 평화를 위해 커플을 만들어줄 수 있어야 하고……

혜림   아, 우리 이모랑 비슷한 일이네. 우리 이모 커플 매니저 거든요. 오빠도 그런 거네요.

영민   커플 매니저? 뭐, 그런 셈이지.

혜림   오빠 정말 아름다운 일 하신다.

영민   (뿌듯해하며) 오빠가 더 멋져 보이냐?

혜림   (몸을 꼬며) 네.

영민   이리 와봐.

영민, 혜림을 안는다. 무대 점점 어두워지는 찰나,

혜림	(영민을 밀쳐내며) 맞다! 오빠, 그때 그 오빠들요.

혜림   (영민을 밀쳐내며) 맞다! 오빠, 그때 그 오빠들요.

영민   누구?

혜림   오빠가 광식이 오빠 다리에 철심 박게 만들었던 날, 같이 있던……

영민   광식이 패거리?

혜림   네, 맞아요. 그 오빠들이 오빠 찾고 다닌대요.

영민   추잡한 새끼들, 돈 앵겨줬음 된 거지, 꼭 그렇게 구질구질하게 굴어요.

혜림   어떡……해요? 그 오빠들 디게 무섭잖아요.

영민   무섭긴…… 별거 아냐 걔들. 아…… 개껌 같은 새끼들…….

혜림   정말…… 괜찮아요? 광식이 오빠, 목발 짚고 오빠 찾으러 다닌다고 학교에 소문 쫙 났어요. 누가 그러더라구요. 눈에 살기가 가득하다고…….

영민   (태연한 척) 걔 벌써 나왔냐.

혜림   (영민의 머리 쳐다보며) 오빠 머리, (울먹이며) 오빠 머리에…… 철심…… 박아준다고 그러면서 다닌대요. 오빠 도망가야 하는 거 아니에요?

영민   내가 도망을 왜 가. 이미 다 끝난 일 가지고 걔들이 덜떨어지게 구는 거지. 아, 못난 놈들, 다 끝난 일 가지고 추잡하게시리.

혜림   그 오빠들 진짜 무섭잖아요. 특히 광식이 오빠…….

영민   괜찮아. (내심 불안하지만) 괜찮아. 괜찮아.

혜림, 슬며시 영민의 어깨에 기댄다. 영민의 휴대폰 울린다.

영민 (받으며) 아, 새끼…… 하여간 눈치는 드럽게 없어요. 아
침부터 학교 갈 준비 안 하고 왜 또 전화질이야? (일어나
며) 어디긴, 공원이다. 튀긴, 내가 뭐 죄졌다고 어딜
튀…… (주변 살펴보며 뭔가 이상한 낌새 차리고) 나, 먼저
간다 혜림아. 연락한다. (가다가 다시 와 혜림 손 잡고) 빨
리 와.

영민, 혜림과 뛰어나간다. 사이.

소리 너 거기 서!

세 명의 고등학생이 우르르 뛰어와 영민이 뛰어간 쪽을 따라간다.
긴 사이. 얼굴에 상처가 있고 목발을 짚은 광식, 담배 입에 문 채 힘
들게 걸어온다. 살기 있는 눈으로 앞을 보고 서서 담배를 피운다.

4장 집안

인숙, 가방 들고 나갈 준비. 남철, 앞치마 매고 엄마 배웅 준비. 영
민, 들어온다. 서 있는 인숙을 지나간다.

인숙	이젠 인사도 안 해? 밤새도록 뭘 하시고 이 새벽에 들어
	오시나.
남철	놔둬. 쟤 피곤해.
인숙	쟤가 왜 피곤해? 쟤가 고등학생이라고 공부를 해, 운동
	을 해, 그렇다고 일을 해.
남철	일해.
인숙	(무슨 소린가 싶어 쳐다보면)
남철	아, 아냐. 쟤가 공부하는 것도 따지고 보면 일이지 뭐. 어
	쩔 수 없는 일.
인숙	(영민의 복장을 살펴보며) 너, 꼴은 그게 뭐야? (명찰 보
	며) 안철수? 왜 남의 옷 입고 다녀? 아주 별짓을 다해
	요. 요즘은 옷 바꿔 입는 게 유행이냐?
남철	나한테 허락받았어. 안철수랑 바꿔 입겠다고 해서 그러
	라고 했어. 혹시 알어? 이름값 할지…….
인숙	이름만 바꾸면 대가리도 안철수로 바뀌니? 당신까지 왜
	그래? 알아듣게 말해. 출근길에 바쁜 사람 세워놓고 지
	금 둘이 세트로 나 골려?
남철	당신 나가, 응? 다녀오십쇼.
영민	가세요, 네? 내가 안철수가 되든 김철수가 되든 관심도
	없으면서…… 보험이나 많이 팔라구.
인숙	말하는 것 좀 봐라. 고등학교씩이나 다니는 자식이 보험
	이 파는 거라고 말하는 것 좀 봐. 보험이 파는 거야? 물
	건이니 팔게?

영민   아, 진짜…… 무식하긴……. 요즘 세상에 물건만 팔아? 보이지 않는 것도 다 팔아. 그럼 만날 몸땡이 파는 것들은 뭐, 몸땡이가 열 개 백 개라서 만날 팔 수 있는 거야? 몸땡이만 팔아? 사랑도 팔고 사는 세상이야.

인숙   뭐가 어째? (달려들 듯이) 이 자식이 엄마한테 말하는 꼬라지 하고는…….

남철   얘 퇴근길이야. 고만해. (눈치 보며) 당신은 출근길이고. 고만하고 나가.

인숙   퇴근길? 당신 도대체 무슨…… 어쩔 수 없는 일 하는 애가 어쩔 수 없는 일 하고 왔기 때문에 퇴근길이야? 기막혀 진짜.

영민   됐구. 아버지나 그만 좀 패.

인숙   니가 왜 끼어들어.

영민   아버지 얼굴 좀 봐. 미안하지도 않아?

인숙   니가 참견할 일 아니고 그건. 부부 사이 일이야.

영민   부부 사이 일이면 티 안 나게 좀 하든가. 얼굴을 이렇게 똥개처럼 만들어놓고 모른 척하라는 게 말이 돼?

인숙   이 자식이…….

영민   동네 창피해서 증말. 차라리 아부지가 엄마를 때리면 덜 쪽팔려요.

인숙   뭐? (남철 쳐다보며) 당신도 나 때려 그럼.

남철   진짜? 어디?

인숙   (쳐다보면)

남철	아, 됐어 됐어. 나가 나가.
영민	하여간, 말이…… 말이 안 통해서…….
인숙	(영민에게) 쓸데없는 짓 하고 다녀봐. 그땐 확 집어 처넣 어버릴 거야. 내가 니 합의금 때문에 하루 종일 발이 부 르트도록 이 짓 하고 다니는 줄 알아? 이 정신없는 자식 아, 너 언제 정신 차릴래? 응? 곰팡이같이…….
영민	곰팡이, 그놈의 곰팡이 소리. 내가 왜 곰팡이야.
인숙	왜? 그건 듣기 싫어? 그럼 곰팡이처럼 살지 마. 넌 내 인 생에서 곰팡이야.

영민, 비참한 표정. 인숙, 나가려다가 다시 돌아본다.

| 인숙 | 야, 너 어디 나이트에서 놀다 왔니? 꼭 삐끼같이 해가지 고……. 아이구, 동네 창피해서 정말. (나가며) 무자식이 상팔자야. |
| 남철 | 다녀와. 운전 조심하구. |

문 닫히는 소리. 영민, 아버지를 한심하게 쳐다본다.

남철	왜에?
영민	아주 천생연분이란 생각이 들어서.
남철	뭐, 다들 이러고 살아. 남들은 별거 있어? 다들 지지고 볶다가도 이러고 살고, 부부란 게 그런 거야. 너는 몰라.

영민	알고 싶지도 않아.
남철	얼굴이 그게 뭐야. (영민의 얼굴을 들어 쳐다보며) 새끼, 눈깔은 뻘게가지고……. 니가 토끼야? 엉?
영민	내가 토끼면 아부지는.
남철	(영민의 얼굴 내리며) 웅. 느이 엄마가 나더러 토끼래. 접 때 술 먹고 그러더라. 밥은 처먹고 다니냐?
영민	웅. 잘 처먹고 다녀.
남철	안철수 관둬. 삐끼는 아니다. 백수로 노는 한이 있어도 남자가 가오가 있지. 삐끼 짓은 할 게 못 돼.
영민	가오?
남철	그래, 가오. 남자는…….
영민	아부지가 그 꼴로 나한테 가오를 가르쳐?
남철	뭐 이 자식아? 이 자식이 이제는 새벽부터 들어와가지고 내 속을 긁어놓네. 너도 알잖아. 느이 엄마 일해야 되는 사람이야. 안 그랬다간 다시 병원 가야 돼.
영민	그 말은, 아부지가 일하면 엄마가 병원 간단 소리야?
남철	그건 아니지만. 이제 와서 말이지만 느이 엄마 언제 몹쓸 짓 할지 몰라서 회사 그만두고 나서 괜찮아지면 다시 들어가야지 했는데…… 그러다 보니 느이 엄마 잘나가고…… 느이 엄마 버는 돈으로 충분하고, 마땅히 나 불러주는 곳도 없고, 그러다 보니 뭐…….
영민	역시 엄마한테 나 같은 건 아무것도 아니야.
남철	무슨 소리야? 자식인데.

영민	동생이 아무리 중요해도…… 자식이 있는데 어떻게 죽을 생각을 해.
남철	(일부러 웃으며) 야, 사람이 우울해지면, 그러니까 우울증 같은 거 걸리면 자식이고 뭐고 안 보이는 거래. 의사가 그랬어.
영민	그래? 그래도…… 내가 있는데, 자식이 있는데…… 왜 아직도……
남철	(말 자르며) 야, 너 이 자식, 아부지가 얼마나 집안일을 많이 하는 줄 알아? 돈 안 벌어도 할 일은 한다.
영민	이래서 여자가 돈을 벌면 안 돼요.
남철	이 자식, 아들이 돼가지고…… 너는 날 이해해야 되는 거 아냐?
영민	이해해.
남철	뭐? 이해하는데 그렇게 말해?
영민	그럼 어떻게 말해야 이해하는 건데.
남철	엉? 야, 너 암튼 삐끼는 아니야. 그리고 미성년자를 고용해?
영민	내가 좀 삭아 보이잖아.
남철	그런가.
영민	나 지금부터 잘 거야. 건들지 마. 청소기 돌리지 말고, 세탁기 돌리지 마.
남철	그래 자식아. 장한 일 한다.

영민, 가려 한다.

남철　(아쉬운 듯) 야, 아침은 처먹고 자야지. 너 몸 상한다. 몸
　　　상하면 인마 약값 들어, 엉? 밥은 처먹고 자. 니가 좋아
　　　하는 고등어 했어. 내가 아침부터 시장 가서 등 푸른 새
　　　끼로 골라 왔어. 요즘 고등어 드럽게 비싸.

영민, 서 있다가 다시 뒤돌아서 온다.

영민　진짜? 등 푸른 거 맞지?

남철　으이구, 너는 전생에 뭐였길래 만날 고등어만 찾아? 그것
　　　도 시퍼런 걸루만.

영민　아부지 정자였겠지.

남철, 접시에 있는 큰 고등어를 가져와 상에 올린다.

남철　엉? 흐흐. 그래. 너 잊으면 안 된다. 너 이 자식아, 내가
　　　만든 물건이야.

영민　아부지, 나는 왜 고등어 등이 사랑스럽지?

남철　니 담임이 너 정신과 검사 받아보라 그래서 엄청 지랄해
　　　댔는데…… 받아볼 걸 그랬다. 사랑할 게 없어서 고등
　　　어 등을 사랑해?

영민　이 푸른 등을 막 파먹으면 카, 카타로써스펜스를 느껴.

남철   뭐, 뭘 느껴?

영민   카타로쎠스펜스.

남철   쯧쯧. 카타르시스야, 카타르시스.

영민   있잖아, 이 고등어의 푸른 등을 먹고 있으면 내가 막…… 내 마음이 있지 막…… 저 푸른 바다를 가르면서 헤엄치고 있는 것 같아.

남철   뭐야. 토끼에서 이번엔 고등어야? 아부지도 고등어 돼야 돼?

영민, 고등어 등을 쳐다보며 밥상 위에 엎드린다.

영민   (중얼거리듯) 근데…… 난 진짜 뭘까.

남철   뭐긴. (안쓰럽게) 철수라며. 안철수.

영민   엄마는 나더러…… 곰팡이래, 곰팡이……. 곰팡이는…… 말하자면 곰팡이란 존재는 하나도 쓸모없는 사회악이지?

남철   무슨 사회악까지……. 그냥 드러워서 그렇지. (아차 싶어) 장마철에만 생겨, 우리 집은. 야, 너 자냐? (큰 소리로) 밥 처먹고 자라고 새끼야.

영민, 일어난다. 갑자기 허겁지겁 먹는다.

남철   고등어 왜 안 먹어.

영민	못 먹겠어.
남철	왜?
영민	불쌍해서……. 갑자기 얘가 막 불쌍하네. 차마 젓가락으로 후비질 못하겠어.
남철	야, 너 사람 다리 철심 박게 만든 놈이야.
영민	나두 알아.
남철	안 어울려.
남철	그치? 나 오늘은 일찍 나가야 돼. 교육 있어.
영민	삐끼가 무슨 교육?
영민	아부지는 그러니까 집구석에만 있는 거야. 시험도 봐. 공부해야 돼.
남철	(영민의 머리를 때리며) 에라, 이 한심한 새끼야. 남들 다 다니는 학교는 때려치고, 뭐? 어디 가서 무슨 시험을 봐? (머리를 계속 때리며) 에라, 이 새끼…… 언제 정신 차릴래, 엉? 그러니 니 엄마가 널 낳은 걸 후회하지.
영민	응?
남철	(실수다 싶어) 나…… 난 뭐 아닌 줄 알아? 너 같은 자식 나올 줄 알았음……
영민	아부진 됐고, 엄마가 나 낳은 거 후회한대?
남철	야, 그럼 너 같으면 후회 안 하겠니? 저기…… 말은 안 했어. 니 엄마, 후회한다고 말은 안 하드라.
영민	(밥 먹으며) 그만해.
남철	야, 너 대안 학교는 어떠냐.

영민   또 학교야?

남철   학교는 다녀야 돼. 제발 졸업만 해라, 응? 요즘 대학 안
나온 인간도 없더라만, 너는 학교를 워낙 싫어라 하니
까……. 아부지가 부모로서 욕심 안 부려요. 딱 고졸만
돼라, 엉?

영민   잘렸다니까. 이제 가고 싶어도 못 가. 다행이지.

남철   (답답해하며) 너 후회한다.

영민   아부지.

남철   응?

영민   아부지도 후회하지?

남철   뭘?

영민   이렇게 사는 거.

남철   때론 뭐…… 후회하는 것도 있고, 아닌 것도 있고……
그런 거지 뭐. 사는 게 다 그래 자식아.

영민, 아버지를 물끄러미 본다.

남철   뭐야, 자식아. 왜, 내가 또 우습게 보여?

영민   아니. (일어서며) 딱해 보여.

남철   새끼…… 말에 참기름 발랐어? 뻔지르르하게 말만…….
야, 암튼 너 삐끼고 뭐고 그거 당장 때려치워. 니 엄마
알기 전에, 응?

영민   나 거기 좋아. 직장 맘에 들어. 그냥 거기 가면 다 잊을

수 있어. 내가 곰팡이라는 것도 잊고…… 그냥 날 잊을
수 있어서 좋아. 좋으면 된 거 아냐?

남철   (한숨)

영민   그럼 된 거잖아. 나 있지, 거기 사람들을 보면서 내가 밤
의 문화를 한번 어떻게 주도해봐야겠다는 욕심, 계획,
목표, 이런 게 생겼어. 내가 아부지한테 보여줄게.

남철   (머리 긁적이며) 뭘.

영민   공부하지 않아도 세상에서 뭔가 할 수 있다는 거.

남철   그게…… 쉬운 게 아니다 너.

영민   아부지 한번 와볼래?

남철   어딘……데?

영민   아부지는 잘 모를 거야. 낫 텔 마마라고…….

남철   (반가워하며) 야, 낫 텔 마마? 거기 저기…… 그러니까
거기 낫 텔 마마? 그 낫 텔 마마? 옆 동 901호 새댁이 얘
기하드라고. 결혼 전에 거기서 날렸다고……. 근데 왜 이
름이 그래? 엄마한테 말하지 마라? 이름 참…….

영민   응?

남철   니 직장인데 몰라? 낫, 텔, 마마. 마마한테 말하지 마라
그러잖아.

영민   어…… 엉. 뭐…… 거기 가면서 꼭 그걸 엄마한테 말하
고 다닐 필요는 없잖아. 그러니까 그렇겠지.

남철   그런가. (영민의 등짝을 때리며) 짜식, 어떻게 거길 들어갔
냐?

영민   (좋아하며) 면접 보구 들어갔지. 경쟁률 좀 쎄드라.

남철   새끼…… 그래! 한번 열심히 해봐.

영민   응! 아부지, 내가 월급 받으면 아부지 용돈 준다.

남철   새끼…… 철들었네.

영민   아부지, 그리고 한번 와. 내가…… 부킹 밀어준다!

남철   뭐? 부킹?

영민   응. 하루 놀아. 대신! 이러고 나오지 말고…… 쫌…… 젊
           어 보이는 거 입고 나와. 이러구 오면 아무리 내 **빽** 있어
           도 입구부터 아웃이야.

남철   알았어. 오늘 우리 아파트 장 서는데 티셔츠 하나 사야
           겠다. 아니다, 아파트 상가 가서 살까?

영민   좋아하긴……. (들어가며) 나, 잔다.

남철   그래그래. 어서 들어가 자라. 밤의 문화 주도하느라 힘들
           겠다.

영민, 들어간다.

남철   (웃다가 표정 바뀌며) 내가…… 내가…… 지금 뭐라 그
           런 거지? 쟤 보구…… 열심히 해보라 그런 거야? 에라,
           (자신의 머리 때리며) 니가 그러구두 아부지냐? (영민을
           향해) 야, 그거 취소야, 응? 당장 때려쳐. 너 고삐리야. 짤
           렸어도 고삐리는 고삐리다, 응? 알았어? 알았냐구. 저기
           시골에 내가 대안 학교 하나 알아봤는데 거기 가면 공

부 안 해도 된대, 응? 공부 대신 그냥 감자 캐고, 응? 메
뚜기나 잡고. 너 메뚜기 잡는 거 되게 좋아했잖아. 메뚜
기 잡으면 아마 카타르시스 많이 느끼게 될 거야, 응?

5장 공원

인숙, 누군가 기다리며 의자에 앉아 있다.

인숙   (멀리 보며) 야, 넘어져. 천천히 와. 넘어질라…… 다쳐.

동훈   (헉헉대며) 휴, 힘들다.

인숙   (땀 닦아주며) 괜찮니? 뭘 그렇게 뛰어와.

동훈   백설 누나 오래 기다릴까 봐.

인숙   싫다니까 그 소리.

동훈   아, 알았어. (웃으며) 옛날에 부르던 기억 때문에……. 누
       나 얼굴…… 백설 공주처럼 하얗고 이뻤잖아.

인숙   옛날엔 그랬지.

동훈   지금도…… 그래.

인숙   무슨 소리야. 얼굴에 기미도 끼고, 말이 아닌데. 놀리지
       마.

동훈   처음에 성수 집에 갔을 때 누나보고 진짜 하얗고 이쁘다
       고 다들 난리가 났었지. 고등학교 1학년 때…….

인숙   그랬니?

동훈	말도 마. 성수가 자기 누나 끝내주게 이쁘다고 해서 우르 르 몰려간 적 있잖아 왜.
인숙	(웃으며) 알지. 그때…… 우리 성수가 집에 친구들 최고 로 많이 데리고 왔던 날.
동훈	그래. 아마 그럴 거야. 반 애들 거의 다 갔으니까……. 누 나 집 너무 좁아서 못 들어가구 골목길에서 누나 보구 그랬잖아. 성수 자식이 하도 자랑을 해서…….
인숙	그랬어? 성수가?
동훈	그럼. 그 자식이 원래 표현에는 인색해요. 좋아하는 여 자애한테도 끝까지 고백을 못 했잖아. 그래도 자기 누나 만큼은 끔찍하게 여겼어. 그래서 우리끼리 성수 자식 혹 시 자기 누나를 여자로 좋아하는 거 아니냐고 막 놀리 기도 했었다니까.
인숙	어머, 진짜? 우린…… 둘 다 끔찍했어.
동훈	나는 우리 누나랑 싸우기만 했는데…… 신기하다니까.
인숙	부모 없이 세상에 걔랑 나 단둘뿐이었으니까. 내가 성수 한테는 부모였고 누나였고, 나한테는 걔가 아부지였고 자식이었고…… 그랬어. 그렇게 가지만 않았어도 지금 쯤……
동훈	에이, 또 왜 그래. 그만하자. 그냥 옛날 얘기하는 건 데…… 괜히 시작했다.
인숙	널 만나면…… 어쩌면 나는……
동훈	그래. 알아. 많이 봐. 성수도 지금 있으면 딱 나 정도로

컸어. 그리고 걔랑 나랑 닮았단 소리 많이 들었어.

인숙　　그래……. 널 보면…… 우리 성수를 보는 것 같애.

동훈　　성수야, 하고 불러도 돼.

인숙　　아니. 아니야. 그건 너한테 미안한 일이고…….

동훈　　뭐가 미안해. 내가 누나한테 신세 지는 게 얼만데…….

인숙　　참! (가방에서 봉투 꺼내며) 천이라고 했지?

동훈　　다음 달이면 갚아. 봐줘 누나. 다음 달이면 그동안 빌린
　　　　거 다 갚을게.

인숙　　그래. 이자는 필요 없어. 당장 급한 것도 없으니 마음 편
　　　　하게 써.

동훈　　(인숙의 손 잡으며) 누나, 진짜 고마워.

인숙　　몸 상하게 일하지 마.

동훈　　알았어. 성수 이 자식, 일찍 가긴 했어도 복은 많은 녀석
　　　　이야. 이렇게 좋은 누나를 두고……. (인숙의 손을 잡으
　　　　며) 암튼 누나, 이거 잊지 않을게. 내가 꼭 돌려준다. 알
　　　　았지?

교복 입은 학생 1~3, 지나가다가 본다. 가다가 다시 돌아보고 지
들끼리 쑤군댄다.

인숙　　그래. 알았어. 널 안 믿으면 누굴 믿어.

동훈　　나 급해서 가야 하는데, 어쩌지 누나? 밥이라도 같이 먹
　　　　으면 좋은데…….

인숙	밥도 안 먹고 일해야 돼?
동훈	어? 어…… 그게…… 요즘 좀 정신없이 일들이 들어와서…….
인숙	알았어. 몸 상할라. 샌드위치라도 챙겨.
동훈	그래. 갈게. (돌아서 가다가) 참! 영민이는 잘 지내지? 많이 컸겠네.
인숙	말두 마. 속 터져.
동훈	누나. 성수 일은…… 사고였어. 영민이랑 매형이 무슨 죄야.
인숙	그래.
동훈	누나, 고마워. 그리고…… 미안해.
인숙	왜 그래 새삼…….
동훈	진짜야. 잊지 않을게. 이 은혜 잊지 않을게 누나.

인숙, 동훈을 향해 손을 흔든다. 동훈의 뒷모습을 한참 쳐다본다.

| 인숙 | (나지막이) 성수야, 성수야……. |

6장 나이트

각 테이블의 손님들. 춤추는 사람들. 열심히 일하는 영민. 술에 취한 남자 손님 1, 영민을 부른다.

영민	네, 안철수입니다.
손님 1	철수. 안철수.
영민	옙!
손님 1	지금이 어떤 시대야?
영민	네?
손님 1	지금이 어떤 시대냐고.
영민	지금이…… 그러니까 지금은…… 글로벌 시대……
손님 1	하, 말귀 못 알아듣네.
영민	죄송합니다. 제가 세계사에 약해서.
손님 1	안철수가 시대에 민감해야지, 자식아.
영민	네, 민감해지도록 노력하겠습니다.
손님 1	됐고, 안철수가 뭐 했어?
영민	안철수는…… 그러니까 컴퓨터 벌레……
손님 1	백신.
영민	네, 백신을 개발하고…… 마이크로소프트를 만들었습니다.
손님 1	뭐? 하, 무식하긴. 안철수는 한글과컴퓨터를 만들었어. 똑똑히 좀 알아.
영민	(민망) 죄송합니다, 손님. 근데 지금이 어떤 시대인지……
손님 1	그래, 내가 대놓고 말할게. 지금은 남녀평등 시대야.
영민	아, 아, 그 시대…… (웃으며) 난 또 뭐라고……. 저도 압니다.

손님 1   알아?

영민   엡.

손님 1   아는데, 그따위로 하나?

영민   무슨 말씀이신지…….

손님 1   저기…… 저기 보이지. 저기 저 여자들도 기본 쓰리 시켰지.

영민   네, 맞습니다. 그런데 왜…….

손님 1   저 테이블에는 구운 오징어가 있는데 왜 우린 없냐구우.

영민   아, 오징어. 오징어는 여성 손님들에게만 제공하는 특별 서비스 메뉴입니다.

손님 1   뭐? 너 지금 남녀 차별하는 거야. 너 이 자식…… 우리 할머니 지금 그 소리 들으셨으면 너 머리털 다 뽑혔어, 알아? 남녀평등 시대에 여자라고 구운 오징어 갖다 바치고, 남자라고 오징어 다리 하나 못 뜯게 해? 이게 말이 돼? 이게 말이 되느냐고, 웅?

손님 2   (영민의 어깨에 손을 올리며) 철수야.

손님 1   예, 손님.

손님 2   가서 구워 와라.

영민   죄송합니다, 손님. 그건 저희 업소 방침이라서.

손님 3   야야, 쪽팔리게……. 그냥 사 먹어, 엉? (지갑 꺼내며) 얼만데?

영민   팔만 원입니다.

손님 2   (천 원짜리 꺼내며) 팔천 원이겠지.

영민   팔만…… 원……입니……

손님 3, 영민을 발로 찬다. 반대쪽 테이블의 여자들 오징어 다리를 씹으며 쳐다본다.

손님 1   와…… 서럽다 증말. 남자로 태어나서 감당해야 될 게 왜 이렇게 많냐, 엉?

손님 3   야, 빨리 안 구워 와? 더 맞을래?

영민   (꾹 참고) 죄송합니다. 방침이라서……. 팔만 원 내시면 잘 구워다 드리겠습니다.

손님 2   (웃으며) 얘, 정신 못 차렸네.

손님 1   (주변 사람들에게) 남녀평등 시대에 차별이 웬 말이냐, 웬 말이냐. 우리 어머니 나 낳으시고, 우리 아버지 똥줄 타게 돈 버시고, 우리 할머니 날 키워주셨는데, 씨발, 차별이 웬 말이냐. (울먹이며) 내가 우스워? 내가 우습게 보여서 니들…… 오징어도 안 주는 거야?

손님 2   야, 그만해. 자리 옮겨서 오징어를 뜯든 문어를 씹든…….

손님 3   (영민에게) 조용히 장사하고 싶으면 오징어 구워 와라 얼른.

영민   그럴 수 없습니다. 죄송합니다.

손님 3, 영민을 후려친다. 고집스럽게 서 있는 영민. 손님 2, 갑갑하게 이들을 지켜보고, 손님 1, 계속 큰 소리로 술주정한다.

손님 1   그래. 나 이번 달에 차 한 대도 못 팔았어. 돈 많은 새끼

          들한테 포드는 아무것도 아니잖아. 씨발 한 대 사주

          지…… 좆뺑이 치며 다녔는데, 월급 한 푼 못 받고……

          에이씨……. 우리 할머니, 나 외국 회사 다닌다고 얼마

          나 좋아하는데…… 우리 할머니 좋아하는 홍시 한 박

          스 들고 가야 되는데…… (울먹이며) 우리 할머니……

          내가 번 돈으로 홍시 한 박스 드셔야 되는데…… 우리

          할머니 언제 갈지 몰라. 우리 할머니……

손님 2   고만해라. 나가자. 내가 홍시 사줄게, 응?

손님 1   됐어 새꺄……. 너 지금 이번 달에 일곱 대 팔았다고 자

          랑하냐? 그게 니 돈이지 내 돈이야? 그게 니 홍시지 내

          홍시야?

손님 2   사줄 테니까 담 달에 갚어.

손님 1   그럼 외상 하란 거야? 내가…… 우리 할머니 홍시 갖다

          드리는데 외상으로 갖다드려야 되냐, 응?

손님 2   야, 암튼 나가서 홍시 사자, 홍시 사. 가자.

손님 3   (일어나서 영민을 보며) 니가 이겼다 새꺄. 치사해서 정말.

영민   죄송합니다. 다음엔 더 나은 서비스로 모시겠습니다.

손님 2와 손님 3, 손님 1을 끌고 나간다.

손님1   (나가며) 중환자실에 있는 우리 할머니…… 홍시 먹을
         수 있으까. 진작에 샀어야 했는데…….

손님2   언제는 할아버지가 중환자실에 있다며. 아 새끼…… 취
         해가지고 횡설수설하네.

손님3   (뒤돌아보며) 야, 안철수. 이게 서비스야? 손님이 원하면
         니 돈으로라도 오징어 갖다 바쳐야지. 서비스 정신도 모
         르는…… 아, 저 곰팡이 같은 새끼…….

영민, 인사하며 고개를 숙이고 있다가 "곰팡이" 소리에 몸을 일으
키며 손님 3을 쏘아본다.

영민   지금 뭐랬어.

손님3   허, 뭐야 너, 곰팡이라 그랬다 왜. 이 드러운 곰팡이 같
         은 자식아. 그렇게 쳐다보면 어쩔 건데? 아, 저 새끼 좀
         봐라. 눈 안 깔……

영민, 손님 3을 향해 덤벼들어 때리며 쓰러지고 암전.

7장 골목길

가로등 아래 교복 입은 혜림, 팩에 든 두부를 들고 있다. 영민, 터덜
터덜 걸어온다.

혜림   오빠! 이거…… 이거 먹어요.

영민   이게 뭐, 두부냐?

혜림   (두부 팩을 열심히 뜯으며) 네. 오빠 경찰서에서 나왔잖아
       요.

영민   깜빵 갔다 온 것두 아닌데…….

혜림   그래두 다 두부 먹던데요? 왜 먹는지는 모르겠지만 다
       들 먹는데 안 먹는 건 좀 그래요. 그쵸.

두부팩 뚜껑을 여는 순간 고여 있던 물이 줄줄 샌다.

영민   야, 너는…… 어떻게 가져와도 이런 걸…….

혜림   (두부 내밀며) 자 여기…….

영민, 팩에 든 두부를 받아서 어렵게 먹는다.

혜림   집 앞 슈퍼에 갔더니 찌개용, 부침용밖에 없는 거예요.
       그래서 이마트 가서 생식용으로 샀어요. 아, 맞다! (책가
       방에서 큰 간장병을 꺼내며) 깜빡할 뻔했어요. 싱겁잖아
       요. 간장 찍어 먹어야지.

영민   뭘 간장까지 준비하고 그러냐.

영민, 간장을 받다가 옷에 흘린다.

혜림	아, 미안해요.
영민	(툭툭 털며) 니가 왜. 내가 잘못 잡은 건데.
혜림	네. (그릇 꺼내 간장 따르며) 근데요, 두부는 천팔백 원인데, 간장은 육천이백 원이에요.
영민	(간장을 듬뿍 찍어서 먹으며) 비싼 거니까 간장은 남기면 안 되겠다.
혜림	그래서 생각을 해봤는데요, 간장은 짜니까 조금씩만 먹잖아요. 그러니까 따지고 보면 두부보다 더 싼 거예요.
영민	그러네. (간장 아주 조금 찍으며) 아껴 먹어야겠네.

영민, 열심히 두부를 먹고 혜림은 영민의 먹는 모습을 보며 흐뭇해한다.

영민	왜 안 물어봐?
혜림	네? 뭘요?
영민	내가 경찰서 갔다 온 거.
혜림	간 게 중요한 게 아니잖아요. 별거 아니니까 이렇게 바로 나왔겠죠. 나쁜 짓 한 사람들은 감옥 가잖아요. 근데 오빠는 나왔잖아요.
영민	아니야. 우리 꼰대가 합의 봐서 나왔어.
혜림	꼰대? 아, 아버지가…….
영민	아니 엄마. 우리 집은 구성원의 역할이 좀 달라.
혜림	아, 멋있다……. 어쨌든 합의할 만하니까 그쪽에서 합의

해준 거 아니에요? 진짜 나쁜 짓 한 사람들은 합의해도
감옥 가잖아요.

영민   (웃으며) 너 되게 많이 안다. 공부만 잘하는 줄 알았는데
별걸 다 아네.

혜림   우리 아빠 덕분이에요.

영민   아빠가 왜. 아니다, 내가 괜한 걸 물었지.

혜림   네?

영민   괜찮아. 사람들 다들 그렇게 살아. 죄 없는 사람이 어딨
어. 손들어보라 그래.

혜림   알아요. 아빠한테 가보면 어디서 그렇게 죄지은 사람들
이 많은지 매일매일 다른 사람들이 다른 일로 와 있고
그래요.

영민   매일…… 아빠한테 가?

혜림   아뇨. 어쩌다가 엄마 심부름 가요. 속옷 같은 거 갖다 드
리러…….

영민   속옷도 안 줘? 요즘 좋아졌다드니 아니네.

혜림   집에 못 들어오실 때 있잖아요.

영민   엉? 계속 못 들어오시는 게 아니고?

혜림   계속 못 들어오면 어떡해요. 경찰이라고 경찰서에서 살
수는 없잖아요.

영민   어? 그럼 아부지가 경찰?

혜림   네. 지금까지 계속 말했는데……. 언제는 감옥 갈 사람
이 우리 집에서 자고 간 적도 있어요. 누구였더라? 자기

딸을 죽인 살해범을 죽인 사람이었는데 우리 아빠가 우리 집에서 재워줬어요. 그런데 그 사람…… 아무렇지 않았어요. 되게 좋은 아저씨 같았는데…….

영민   (일어서며) 두부…… 잘 먹었다. 나 이만 갈게.

혜림   네, 오빠. 내일 만나요.

영민   내가…… 전화할게 혜림아.

혜림   네.

영민   (손 흔들고) 밤길…… 혼자 가라 그냥, 조심해서. 아니, 조심하지 않아도 니네 아부지 경찰이라고 작게 써 붙이고 다녀. 그러면 밤길 안 무서워. 알았지?

혜림   저 원래 밤길 안 무서워요.

영민, 뒤돌아 천천히 간다. 혜림, 영민의 뒷모습을 보고 서 있다.

영민   (뒤돌아 큰 소리로) 혜림아, 있잖아. 오늘 누가 나더러, 날 잘 알지 못하는 사람이 나더러 곰팡이라고 욕을 하는 거야. 우리 엄마도 나더러 곰팡이 같은 자식이라고, 곰팡이 같은 새끼라고 (울컥하지만 참으며) 그랬는데…….그건 내가 참을 수 있는데, 아니 난 '곰팡이'라는 말이 세상에서 제일 싫은데. 그래도 엄마는…… 엄마니까…… 곰팡이를 낳은 사람이니까 참는데, 날 제대로 알지도 못하는 사람이 나더러 곰팡이라는 건 참을 수가 없었다.

혜림, 영민을 보고 웃는다.

영민   앞으로도 그럴 거야. 누가 나더러 곰팡이라고 하면 난
      못 참아. 알아? 나 그런 놈이야. 너 같은 모범생이 좋아
      할 사람이 못 된다구.

혜림   오빠, 근데요, 곰팡이도 곰팡이 나름이에요……. 푸른곰
      팡이라고 있거든요. 그건 약으로도 쓸 수 있어요. 푸른
      곰팡이에서 추출한 페니실린을 이용하면…… 사람들이
      다친 다리나 팔을 자르지 않아도 돼요. 그건 곰팡이라
      는 이름을 갖고는 있지만 진짜 곰팡이일까요? 푸른곰팡
      이 본 적 없죠? 이뻐요.

영민   진짜……야?

혜림   (고개 끄덕이며) 그러니까…… 곰팡이……가 꼭 욕은 아
      니에요.

영민   그러네.

혜림   메주에서도 곰팡이가 펴요. 그거 알죠? 된장요. 된장에
      서도 푸른곰팡이가 펴요.

영민   그럼 우리 엄마가 날 그런 곰팡이라고 생각한 걸까.

혜림   아마 그럴 거예요. 엄마니까.

영민   (울컥하며) 그럼 푸른곰팡이라고 그래 주지……. 만날 그
      냥 곰팡이라고 그러니까 난…….

혜림   야, 이 푸른곰팡이 새끼야! 이러면…… 좀…… 웃기잖
      아요.

영민   어. 그러네. 그렇게 욕하니까 진짜 웃긴다. (웃으며) 나…… 간다! 고마워.

혜림, 손을 흔든다.

혜림   (줄줄 외듯이) 푸른곰팡이는 페니실리움이라는 곰팡이로 빗자루 모양의 곰팡이를 말한다. 빗자루 모양의 포자들이 염주처럼 나열되어 있으며, '균사' '포자' '포낭'으로 이루어졌다. 일반 가정에서 흔하게 볼 수 있는 곰팡이로 색깔은 청록색, 녹색, 황록색과 갈색도 있다. 이러한 포자들이 공기 중에 퍼져 번식한다. 푸른곰팡이에서 추출한 페니실린은 항생제로 의약품에 사용한다. 그러나…… 푸른곰팡이는 유독성 물질도 있으며 때로는 알레르기를 유발하기도 한다.

8장   집 안

영민, 무릎 꿇고 앉아 있다. 얼굴은 웃고 있다.

인숙   여보, 이 자식 얼굴 좀 봐.
남철   야, 너 술 마셨냐? 엉?
인숙   경찰서 들락거리더니 재밌어?

남철	(걱정스럽게) 야, 영민아, 너 진짜 왜 그러냐, 응? 무릎 꿇은 건 반성의 뜻이지?
인숙	반성하는 애가 얼굴이 저래? 쟤 술 마신 거 아냐?
남철	(영민에게 가서 냄새 맡아보며) 아, 냄새…….
인숙	거봐. 술 마셨지?
남철	아니 그게 아니라…… 좀 이상한 냄새가 나.
영민	잘못했어요.

남철, 인숙, 서로 쳐다본다.

인숙	뭘?
영민	사람 때린 거.
남철	그래. 사람 좀 고만 때려. 어렸을 때는 맞고만 다녀서 속 터지게 하더니, 어렸을 때 쥐어터진 거 갚고 다니는 것도 아니고 뭐하는 거야.
인숙	(남철 보며) 당신은 얘 삐끼 짓 하는 거 알고 있었지?
남철	그게 말이지.
영민	그건 내가 설명할게.

영민의 휴대폰 벨소리.

인숙	잘한다 잘해.
영민	잠깐. (통화하며) 어. 왜? 어? 바람이 뭐. (엄마를 보며) 무

슨…… 소리야? 말이 되는 소리를 해야지 새끼가…….
(사이) 너…… 그 말 사실 아니면 나한테 죽, 는, 다.

영민, 전화 끊는다. 비장한 표정으로 엄마를 쳐다본다.

인숙　뭐, 그래애. 학교까지 잘린 주제에 어딜 갈 수 있겠니. 그
　　　　러니까 공부하라는 거고, 그러니까 배워야 한단 거야.
　　　　너 앞으로도 계속 그 짓 하고 살아갈 거야?

영민　엄마.

인숙　엄마라고 부르지 마. 니가 날 엄마라고 생각하면 그렇게
　　　　할 수 있어? (남철 보며) 당신도 마찬가지야. 내가 얘 엄
　　　　마라고 생각하면 나한테 이렇게들 할 수 있어?

영민　한 가지만 확인할게.

인숙　뭘 확인해?

영민　엄마 오늘…… 어디 갔었어?

인숙　뭐?

남철　뭔 소리냐 그건.

인숙　하. 이 새끼 말하는 것 좀 봐. 니 눈으로 못 봤어? 경찰
　　　　서 들락거리면서 합의하는 거 니 눈으로 못 봤냐구. 내
　　　　가 발이 부르터지도록 뛰어다니면서 보험 팔아서 니 합
　　　　의금으로 다 날렸다. 왜, 어쩔래.

영민　그 전에…….

남철　너 지금…… 미안하고 면목 없어서…… 수 쓰는 거지?

영민	낮에…… 뭐 했어?
인숙	(영민의 머리를 때리며) 너 지금 뭐하는 거야? 응? 니가 지금 내가 뭐 했는지를 물어볼 상황이야? 그걸 내가 왜 대답해야 돼?
남철	그만해. 경찰서에서 취조하는 거 보고 배웠나 봐. 멋있어 보였냐 그게?
인숙	으이그 속 터져. 으이그 지겨워. 너 진짜 질린다 이 자식아, 응? 넌 내 인생의 곰팡이야, 곰팡이. 알아?
영민	무슨 곰팡이.
인숙	뭐?
남철	당신은 또 곰팡이 소리야. 얘가 곰팡이를 얼마나 싫어하는데.
영민	곰팡이 중에 뭐. 곰팡이 중에 뭔데?
인숙	뭐? 곰팡이가 곰팡이지, 무슨 곰팡이가 어딨어. 이게 증말…….
영민	(눈물 글썽이며) 그래. 그럼 그렇지. 에이 씨발, 폐, 폐지술린은 무슨…….
인숙	쟤 뭐래는 거야?
남철	(안쓰러운 표정) 그런 게 있어. 당신은 몰라. 쟤 놔둬. 당신 계약 있다며, 어서 나가봐.
인숙	(나가며) 아후, 속 터져. 속 터져 증말.

문 닫히는 소리.

남철	너, 이 자식아. 오늘 이상해. 일어나. 발 저려. (두부 가져 오며) 밥 먹기 전에 이것부터 먹어.
영민	아부지는 뭐 했어, 그동안.
남철	이번엔 나냐?
영민	엄마가 젊은 새끼랑 놀아나는 동안 아부지는 뭐 했냐구.
남철	무슨…… 소리야?
영민	진수랑 선덕이가 봤대.
남철	뭘.
영민	엄마가 젊은 놈이랑 만나는 거.
남철	야, 너는…… 참…… 엄마는 보험, 아니, 그래, 인슈어런 스 컨설턴트…… 그거야. 느이 엄마 직업이 그거라고. 젊 은 놈 아니라 젊은 년도 만날 수 있고 늙은 놈도 만날 수 있고 그래. 뭘 그거 가지고 그래. 느이 엄마가 젊은 놈 이랑 여관으로 들어갔다고 해봐. 이상할 거 하나 없어.
영민	그 삘이 아니었대.
남철	그럼 어떤 삘이었는데.
영민	손도 잡고…… 그 새끼가 떠나니까 엄마가 보면서 울더 래.
남철	울……었……대?
영민	그래. 여자가 아무 때나 울어?
남철	(다른 생각에 빠진 듯) 여잔…… 아무 때나 울어. 니가 잘 못 배웠어. 만날 씩씩한 엄마만 보니까 엄마가 아부진 줄 알고 살지? 느이 엄마 약해. 아주…… 약해…….

영민　지금 이 상황에 그래도 편들어?

남철, 멍하다.

영민　그러길래 내가 그렇게 등신같이 살지 말랬지. 같이 바람 피우는 게 뭐더라?

남철　맞바람.

영민　그래. 그거 아부지도 같이 해버려.

남철, 걸레질을 시작한다.

영민　못 하지? 그래 내가 엄마래도 딴생각 들겠다. 아부지 보면…… 남자로서의 매력이 없어. 알아?

남철　뭐 이 자식아?

남철, 걸레를 내팽개치고 영민을 발로 찬다. 손으로 마구 때린다.

남철　새끼가…… 아부지한테……. 그렇게 말하지 말랬지. 무시하지 말랬지……. (멈추고) 일어나 밥 처먹어.

남철, 걸레질을 다시 한다.

영민　아부지.

남철	너는 니 인생, 부모는 부모 인생. 알았어?
영민	아부지!
남철	사내새끼가 그렇게 무릎 꿇는 거 아니야. 부모 앞에선 괜찮지만 밖에선 그러고 다니지 마. 알았어?

영민, 아버지를 쳐다본다.

| 남철 | (돌아서 걸레를 영민 얼굴에 던지며) 일어서라구 새끼야! |

영민, 걸레 들고 일어난다. 다리가 저려 일어나자마자 고꾸라진다.

9장 골목길

어둡다. 교복 입은 학생들, 가로등 아래로 누군가를 둘러싸고 때리고 있다.

| 소리 | 스탑! |

모두 멈춘다. 무대 밝아지면 맞은 영민이 몸을 겨우 움직인다. 광식, 교복을 입고 목발을 짚은 채 담배를 입에 물고 있다.

| 광식 | 야, 영민아…… 유감이다. (담배 뻑뻑 피우며) 너랑…… |

나랑…… 사이좋은 친구가 될 수 있었는데……. 나는 죷나게 원했었는데…… 니가 내 다리에 철심만 박게 하지 않았어도…… 나는 너를…… 참…… 좋아했을 건데…… 이젠…… 글렀다. 그치?

학생 1 (광식에게) 빨리 말해. 시간 없다. 쟤 어디에 철심 박게 할까.

학생 2 엉덩이?

광식, 일그러진 웃음.

학생 1 엉덩이 두 짝.

다들 웃는다. 영민, 피식 웃는다.

광식 (영민을 보고) 웃어? 니가 웃어?

학생 2 정신 못 차리는 놈이라니까.

영민 맘대로 해. 나 일하러 가야 되니까 뭘 하든 빨리 끝내라.

학생 1 하! 저 새끼 말하는 것 좀 봐.

광식 영민아…… 너 지금 그럴 때가 아니야. 내 발 앞에서 니 손바닥 주름이 닳아 없어지도록 잘못했다고, 용서하라고 비비닥질 치고 있어야 돼, 응?

영민 시끄러. 니 다리에 철심 박은 값, 수십 배로 보상했고, 니 다리값 받은 느이 아부지 좋다고 신나했다드라. 너,

그거 알아?

광식   (참으며) 너…… 지금…… 그러면…… 안 돼, 영민아. 내
        가 지금…… 너한테 무슨 짓을 할지 모르거든?

학생 1   야, 그냥 저 새끼 여기서 끝내버리자.

학생 2   끌고 갈까? 끌고 가서 아무도 모르는 데다 던져버릴까?

영민   (불안하지만 웃으며) 촌스러운 새끼들, 니들은 영화를 너
        무 봤어.

광식   영민아. 나…… 언제쯤 걸을 수 있을까?

영민   좀 있음 걸어. 걱정 마라. 병신은 안 된다고 했거든.

광식   그럼…… 난…… 너한테…… 뭘 해야 될까.

영민   니가 뭘 하든…… 내가 널…… 가만두겠냐.

학생 2   아직 정신을 못 차렸어.

학생 1   야, 뭘 기다려. 얘랑 너는 아직도 말이 하고 싶냐.

학생 2   놔둬. 친하고 싶었대잖아.

광식   그치……. 니가 당하고 날…… 그냥 둘 리가 없겠다. 맞
        어. 그래…….

영민   알면…… 그냥 가라……. 오늘 일은 내가 없었던 걸로
        할게.

영민, 일어난다. 슬쩍 가려고 한다. 학생 1, 2가 막는다. 영민을 잡
는다.

광식   영민아, 그냥은 못 가. 나도…… 당하고는 못 살거든.

영민   아, 새끼…… 보내줄 것처럼 하다가 치사하게…….

광식   니가 날 어떻게 못 하도록…… (주머니에서 칼 꺼내며) 당하고도 날 볼 수 없도록…… (목발 짚고 영민에게 다가가며) 영민아…… 내가 너 참 좋아했는데…….

영민   야, 야, 너 영화 진짜 많이 봤구나. 이건 아니지. 이건 너…… 합의도 안 돼. 알지? 이건 돈으로 될 일이 아니야. 느이 집 돈도 없잖아. 느이 아부지 만날 화투판에서 산다며……. 그렇다고 니가 엄마가 있어? 집 나간 느이 엄마가 돈다발 수억 들고 와도 해결 안 될 일이다 이건. 너 그거 알아야 돼.

광식, 점점 더 견디기 힘들다. 갑자기 경찰차 소리 들리고, 혜림의 목소리.

혜림   (목소리만) 아빠, 저기야 저기. 빨리 좀 뛰어. 아 짜증 나. 젊은 경찰 뭐 하고 하필 아빠가 왔어? 빨리 좀 뛰어!

모두 당황한다. 영민, 웃는다.

영민   너는 참…… 재수가 없어. 그치?
학생 2 야, 어떡하지. 튈까?
광식   꽉 잡어!
영민   (두려워하며) 그냥 튀어라. 내가 없었던 일로 할게. 너 이러는 거…… 하면 안 되는 짓이야.

광식, 칼을 든다. 호루라기 소리 가까이 들려오는 듯하다. 경찰의 모습 무대에 보이는 순간, 광식이 영민의 얼굴에 칼을 갖다 댄다. 동작 정지. 무대 구석에서 휴대폰으로 전화를 걸며 걸어오는 인숙.

소리   지금 거신 번호는 없는 번호이오니……

인숙, 다시 휴대폰 버튼을 누른다.

인숙   여보세요? 네. 김동훈 씨 좀 부탁드릴게요. (사이. 놀라지 않고 멍하게) 네? 사라졌다니…… 그게 무슨…… 회사 돈을 가지고요? (알 수 없는 웃음 지으며) 그럼 어느 나라로 갔대요? 몰라요? 그럼…… 그 말은…… 어딘가엔…… (웃음과 눈물) 있다는 거죠? 돈을 그렇게 많이 가져갔으면…… 잘……살겠네요.

경찰의 호루라기 소리 나면서 암전.

10장 집안

남철과 인숙, 멍하게 앉아 있다.

인숙	왜 이렇게 안 오지? 그러기에 데리러 가라니까.
남철	혜림이랑 같이 온대잖아. 근데 걔 이쁘지? 지금 이런 말 하긴 좀 그렇지만 영민이 짝 하면 좋겠드라. 애가 말하는 게 이뻐.
인숙	애들 나이가 몇 살인데 뭘 해.
남철	나이가 뭐 중요해.
인숙	얼씨구. 그러니 애가 자꾸 사고 치는 거야.
남철	그런가.
인숙	근데 걔네 아빠가 그러라고 하겠어?
남철	몰라. 사람은 좋게 생겼던데…….
인숙	사람 좋게 생긴 거랑은 다른 문제야. 걔 엄청 똑똑한 애라며…….
남철	그래도 영민이 좋아하잖아.

인숙, 웃는다.

인숙	영민이…… 어디서부터…… 잘못됐을까.
남철	태초부터라며.
인숙	영민이를 왜…… 그렇게 미워했을까.
남철	진짜…… 미워했어?
인숙	(말없이 고개 *끄덕끄덕*)
남철	독하다 당신. 진짜 미워하는 줄은 몰랐어.
인숙	그러게…….

남철	당신한텐…… 성수가…… 아들이지?
인숙	(남철을 쳐다보면)
남철	성수가 그렇게 되지 않았으면…… 영민이가 당신 사랑, 받았을까.
인숙	사람이 돼서 자식새끼한테 너무 모질다. 그치.
남철	내 탓이야. 그날, 영민이가 한 건 장난이었어. 누구나 할 수 있는 장난이었고, 영민이는 어렸고, 성수도 어렸고……. 나만 어른이었어. 그러니까 내 탓이지 그 누구의 탓도 아니야.
인숙	당신 탓도 아니야. 알면서도 그랬어. 이상하게 마음이 그렇데……. 이상하게 그랬어…….
남철	이해해. 성수랑 당신, 얼마나 각별했어. 당신한테도 자식이었지만 성수…… 나한테도 자식이었다. 당신 그거 알아야 돼.

인숙, 조금 놀란 듯 쳐다본다.

남철	어린 처남, 나도 그 녀석 애틋했다. 걔 못 살린 거 생각하면 아직도 가슴이 터질 것 같애. 내 탓이니까……. (눈물 고이고) 내가 거기 데려가지만 않았어도, 이 자식들 장난치지 않았을 텐데……. 성수가 그렇게 물속으로 사라지지 않았을 텐데…….

남철, 갑자기 감정이 복받쳐 눈물이 난다.

인숙   당신도 애썼잖아. 당신이 성수 찾는다고 일주일 내내 물
        속에 들어가서 헤매고 다녔잖아. 수영도 못하는 주제에.

남철   그럼 뭐해. 못 찾았는데…….

인숙   그 죄로 당신 나한테 맞고 살고……. 술 마시지 말아야
        되는데…….

남철   영업 하는 사람이 어디 그게 되나.

인숙   남자가 맞고 사는 거…… 쉬운 일 아니지.

남철   어라, 알긴 아셔. (사이) 나 일해보려구.

인숙   무슨…… 일?

남철   (머리 긁적이며) 뭐 별건 아니고…… 동네 아줌마들이 추
        천해준 건데, 내가 좀 깔끔하다고 소문이 많이 나
        서…….

인숙   그래서?

남철   다들 나더러 도우미 좀 해달래.

인숙   도우미? 무슨?

남철   가사 도우미.

인숙   (어이없는 표정)

남철   할게. 나 하고 싶다.

인숙   도우미가 하고 싶어?

남철   뭐든…… 나도…… 좀…… 내가…… 무능력하지만은
        않다는 걸…… 영민이한테 보여주고 싶다. 영민이한

테…… 내가 아부지라는 거…… 아부지가 뭔가 해서
돈 번다는 거…… 남자라는 거…… 사냥을 할 줄 안다
는 거…… 그래서 자식새끼 입에 무언가 넣어줄 수 있
다는 거…….

사이.

인숙   하고 싶으면 해. 내가 뭐 할 말이 있는 사람인가.

남철   고마워. 그리고 영민이랑 자주 얘기 좀 해봐.

인숙   나 싫다잖아. 하긴, 좋을 리가 있겠어.

남철   당신이 만날 곰팡이라 그러니까 그렇지.

인숙   곰팡이가 뭐가 어때서. 엄마가 돼서 자식한테 그런 말도
        못 해?

남철   그런 말 말고 다른 말 좋은 말 좀 해. 아이구 우리 새끼,
        우리 아들, 우리 강아지, 우리 영민이…….

인숙   그런 말을 걔가 하게 해? 그리고 지금 걔가 몇 살인데
        그런 말을 하라고.

남철   영민이…… 그 자식 한번 잘 살펴봐. 미운 놈이라고 생
        각하고 보지 말고, 이쁜 새끼, 이쁜 내 새끼……라고 생
        각하고 잘 들여다봐. 꽤 괜찮은 놈이야. 내 아들이라 하
        는 소리가 아니라, 걔 꽤 멋있는 자식이라구.

인숙   (웃으며) 그래?

남철   우리한테 약이다 그놈.

인숙	약?
남철	영민이 없었으면 어쩔 뻔했어. 성수 없이 당신…… 지금까지 버티고 살 수 있었겠어? 나는 못 살았다 걔 없이. 성수 그렇게 되고 나 못 살았어.
인숙	그래. 그러네. 내가 그 생각을 못 했어……. 그냥 다…… 영민이 때문에 성수가 그렇게 된 거라고만 생각하구……. 영민이 때문에 내가 산다는 걸 왜…… 몰랐을까.
남철	당신 영민이 때문에 속 썩는다고 하지만 알고 보면 당신 영민이 때문에 일하고, 영민이 때문에 사는 거야.
인숙	그러게…….
남철	(눈치 보며) 그런데…… 나…… 당신한테 묻고 싶은 게 있다.
인숙	뭐?
남철	그게…… 그러니까……
인숙	뭐야, 빨리 말해. 당신 사고 쳤어?
남철	집에만 있는 내가 사고 칠 게 뭐 있어.
인숙	근데 왜 그래. 당신 돈 번다 어쩐다 하는 거 보니까…… 혹시 돈 필요해?
남철	아니. 그래, 단도직입적으로 물어본다. 당신, 남자 있어?
인숙	엉? 뭐가 있어?
남철	남자. 젊은 남자…….
인숙	무슨 봉창이야? 동네 여자들이랑 놀더니 그 여자들이 남편한테 하는 짓 따라 하고 싶어? 아님 의처증이야?

남철	누가 봤다는데. 당신이 젊은 남자 만나 울고불고하는 걸 누가 봤대. 손도 잡고…… 그걸 누가 봤대.
인숙	누가 봤대? 당신이 안 본 걸 누가 봤다고 믿어?
남철	응? 아니 그게…….
인숙	세상에…… 누가 봤냐 그걸.
남철	뭐야, 사실이라는 거네.
인숙	(웃음 참으며) 누가 봤대? 내가 젊은 남자랑 손잡는 것두 봤대? 어이구, 자세히도 봤네. 구석으로 간다고 갔는데…….
남철	그럼…… 사실이야?
인숙	(사이) 성수…… 성수였어.

남철, 인숙을 말없이 쳐다본다.

인숙	(남철을 보지 않고) 걔, 성수였다고. 나한텐 걔가 성수였어. 근데 지금은 갔어. 비행기 타고 갔대. 어느 나라로 갔는지도 몰라. 근데…… 있잖아. 걔가 갔는데…… 내가 성수를 아주 잘 보내준 것만 같아서, 막 흐뭇한 거 있지. 난, 걔가 떠날 거라는 걸 알고 있었던 것 같애. 근데…… 나한테 아무 말도 없이 떠난 그 애가 참…… 고맙다?
남철	하, 참. 무슨 소릴 하는 건지.
인숙	성수를 이제야 보낸 것 같아. 따뜻하게 옷 잘 입히고, 잘 먹이고, 어딜 보내도 아쉽지 않을 만큼……. 나 이제야

우리 성수 잘 보내줬다 여보.

남철　무슨 소린지 하나도 알 수가 없네. 그럼 어쨌든 아니란 거지? 그럴 줄 알았어. 당신이 나 같은 사람을 두고 무슨…….

인숙　근데 그러고 나니까 영민이가 보여. 내가 영민이 엄마라는 걸…… 잊었었나 봐.

남철　그럼 영민이한테 이제는…… 곰팡이라 그러지 마. 걔 곰팡이 소리 엄청 싫어한다.

인숙　더 심한 욕도 했는데, 걔는 곰팡이 소리에 유난히 쌍심지를 켜고 그러드라.

남철　꼭 곰팡이라고 하고 싶으면 푸른곰팡이라 그래.

인숙　푸른곰팡이? 그건 또 뭐야. 색깔도 있어 곰팡이가? 곰팡이라 그러지 말라며.

남철　(웃으며) 해봐. 푸른곰팡이라고. 영민이한테 푸른곰팡이 같은 놈이라고 그래 봐.

인숙　당신, 나 놀려? 곰팡이 그렇게 싫다는 애한테 나더러 한 술 더 떠서 푸른곰팡이라 그러라고?

남철, 조용히 웃는다. 조금 큰 소리로 웃는다. 남철과 인숙, 소리 없이 이야기를 주고받는 행동만 보인다. 영민과 혜림, 들어온다. 영민의 얼굴에 큰 붕대가 감겨 있다.

영민　그만 가라.

혜림	왜요, 저 오늘 오빠랑 있으려구 결석계 다 만들어놨어요.
영민	이거 뗀 거 못 봤지? 얼마나 흉한지…… 모르지?
혜림	내가 좀 더 일찍 신고했어야 했는데……. 휴대폰으로 112를 눌러야 하는데 손은 덜덜 떨리고, 나도 모르게 114를 눌렀어요. 아, 씨……. 그래서…… 내가 제대로 112만 눌렀어도 오빠가 이렇게 되지 않았는데…….
영민	그러게. 떨지 좀 말지. 나도 안 떠는데 신고하는 니가 왜 떨어.
혜림	그러게요. 빨리 신고해야 된다는 생각 때문에 그냥……
영민	니가 112만 빨리 눌렀어도, 아니 경찰이 2초만 빨리 왔어도 해적처럼 안 됐을 텐데……. 경찰 아부지는 됐다 뭐해. 느이 아부지한테 바로 했어야지. 아니다. 느이 아부지 보니까 사건 현장에 나오실 분이 아니드라. 그냥 동네 순찰이나 천천히 다니셔야 될 것 같드라.
혜림	우리 아빠가 오빠 괜찮은 녀석 같다고 그랬어요.
영민	나, 나를?
혜림	네. 광식이 오빠…… 용서해줘서요.
영민	(웃으며) 그 자식이…… 나랑 친구하고 싶다잖아. 친구하고 싶다는 녀석인데 어떻게 그래.
혜림	오빠 진짜 멋있어요.
영민	니가 나 책임져라 그럼.
혜림	네?

영민   얼굴이 이렇게 돼서 나 이제 아무도 못 만나거든? 어떤
       여자가 좋다 그러겠냐. 너 때문에 이렇게 됐으니까 니가
       나 먹여 살리고 다 해, 알았어?

혜림   (좋아서) 네. 그럴려고 했어요. 오빠 얼굴 그렇게 안 됐어
       도 그럴라구 했는데…….

영민   좋냐?

혜림   (웃으며) 네.

영민과 혜림 돌아서면 혜림 인사하고, 영민은 인숙을 외면한다.

남철   왔네. 이쁜이 왔어. 너는 자식아, 들어왔으면 아부지 다
       녀왔습니다, 해야지.

인숙   (영민 보며 어색하게) 살 만하냐?

남철   (인숙을 쿡 찌르고) 당신 또 그래 지금.

인숙   (영민 얼굴 보고 속상한 듯) 꼴이 이게 뭐냐. 주먹질만 하
       고 다니는 줄 알았더니…… 아주 착하게 당하셨어?

영민   놀려 지금?

남철   혜림아, 뭐 좀 먹을래? 배 안 고파? 저쪽으로 가자.

남철, 혜림을 데리고 간다.

인숙   그래. 놀린다. (영민의 머리를 한 대 때리며) 엄마가 돼서
       그럼 이런 말도 못 해?

영민	엄마가 돼서 그런 말을 해?
인숙	그럼 뭐라 그래? 이번엔 당해줘서 고맙습니다, 합의금 안 줘도 되니까 감사합니다, 이래?
영민	좋지? 돈 굳어서.
인숙	(영민의 머리를 한 대 더 때리며) 입은 왜 안 다쳤니.
영민	아퍼. 에이씨……. (울먹이면서) 상관 마. 이제 엄마 필요 없어.
인숙	엄마가 필요 없어?
영민	그래. 그리고 나한테만 이래. 절대로 아부지한텐…… 그러지 마.
인숙	부부 사이 일이랬지. 니가 왜 상관이야? (사이) 나 술 끊을 거야.
영민	아부지 불쌍하지도 않아? 아부지가 무슨 죄졌어? 나 때문이잖아. 삼촌 그렇게 된 거 나 때문인데 왜 아부지한테 그래? 내 생일에도 삼촌이 장난쳤어. 그날 삼촌 생일이었잖아. 삼촌이 바다 가고 싶다 그래서 아부지가 데려간 거야.
인숙	기억이…… 나?
영민	내가 무슨 기억상실증 환자야? 기억나지 그럼. 사람을 죽였는데. 삼촌을 죽였는데 그것도 기억 못 하는 등신이야 내가?
인숙	너무 어릴 때라서…….
영민	삼촌이 덥다고 아이스크림 먹고 싶다고 떼를 썼어. 삼촌

말이라면 껌뻑 넘어가잖아, 아부지. 금방 갔다 온다고 가게에 가구…… 나는 삼촌 골려주고 싶어서 장난하며 떠밀었어. 깊은 데도 아니었는데…… 삼촌이 장난하는 건 줄 알았어.

인숙   (안타깝게) 사람 죽는데…… 장난인 줄 알았어?

영민   응. 어렸잖아. 삼촌도 어렸잖아. 겨우 일곱 살짜리 애가 뭘 알아. 열 살짜리 삼촌이 뭘 알아. 둘 다 몰랐어.

인숙   그만해.

인숙, 돌아선다.

영민   남자…… 있지.

인숙   (돌아서며) 뭐?

영민   다 봤대. 엄마가 공원에서 젊은 남자 만나는 거…….

인숙   (웃으며) 그래. 엄마는 젊은 남자 좀 만나면 안 돼?

영민   울었다며. 여자가 아무 때나 울어?

인숙   어디서부터 널 가르쳐야 될는지. 여자…… 아무 때나 울어……. 남자가 아무 때나 우는 거 아니고 여자가 아무 때나 우는 거야, 알았어?

영민   (긴가민가해서) 암튼…… 그니까 지금 그 말은 남자 있 단 거지?

인숙   누가 봤는지 모르지만 잘못 봤어.

영민   오리발이야 지금?

인숙	(한 대 때리며) 오리발이라니, 엄마한테.
영민	남자랑 손잡은 적도 있지?
인숙	그래. 손잡은 적 있어.
영민	(놀라며) 그런데도 발뺌이야? 바람피우는 거잖아 지금. 그런데 그렇게 당당……
인숙	삼촌이었어. 만난 거…….
영민	뭐? 누구? 귀신이었단 소리야 그럼?
인숙	느이 삼촌 대신에 삼촌 친구 만난 거야. 삼촌 생각나서 울었던 것 같아.
영민	그……런…… 거야?
인숙	(영민 때리며) 욕을 안 할 수가 없어. 이 곰팡이 같은 자식아. 넌 내 인생에 곰팡이 같은 놈이야. 알아? 어디서 말 같은 소리를 해야 말이지.
영민	(화내며) 또 곰팡이. 그놈의 곰팡이. 그러지 말랬지. 곰팡이라 그러지 말랬지 내가. 내가 아무리 곰팡이 같아도 엄마는 그러는 거 아니랬지!

남철, 혜림 뒤에 숨어서 걱정스럽게 본다.

인숙	그래. 이 푸, 푸른곰팡이 새끼야.
영민	응?
인숙	왜. 푸른곰팡이 같은 놈.
영민	엄마…… 푸른곰팡이라 그랬지 지금.

인숙	그래. 그랬다.
영민	또 해봐.
인숙	뭐?
영민	막 욕해줘. 푸른곰팡이라고 막 욕해줘.
인숙	기막혀.

영민, 활짝 웃는다. 그런 영민을 보며 인숙도 웃는다. 남철과 혜림,
웃으며 온다.

혜림	(영민에게 휴대폰 보여주며) 이거…… 푸른곰팡이예요.
영민	이게?
혜림	이쁘죠?
영민	아니. 징그러워.
혜림	나는 이쁜데…… 여기서 약으로 쓸 수 있는 굉장히 쓸
	모 있고 사람한테 약이 되는 게 나온다고 생각해봐요.
	너무너무 이쁘지.
영민	그른가? 어디 좀 봐.
남철	나도 좀 보자.
인숙	(휴대폰 보며) 우리 영민이랑 똑같이 생겼네.

모두 웃는다. 막.

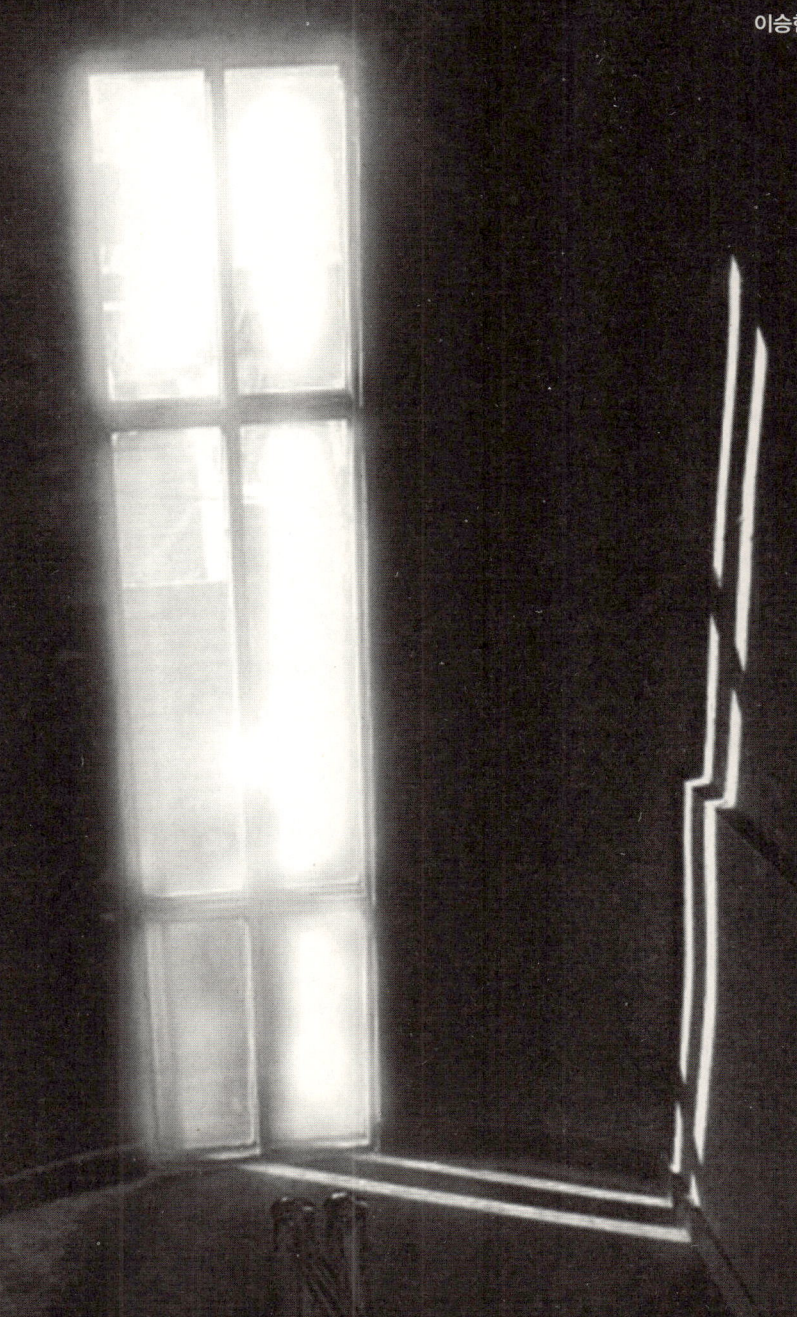

은유의 시대

이승현

이승현

방송사와 외주 프로덕션의 구성 작가로 활동 중이다. 주요 작품으로 2008년 KT 디지털콘텐츠 공모전에 당선된 〈간절함이 눈물이 되어〉 각본, 같은 해 KBI 영상 공모전에 당선된 〈I〉의 각본이 있다.

은유의 시대

#1 카페, 낮

낮 시간이지만 조용한 카페 안. 창가 쪽 테이블에 한 명의 여학생이 노트북을 켜고 열심히 숙제를 하고 있고, 구석에 있는 자리에서는 어린 커플이 나란히 앉아 뭐가 그리 좋은지 희희낙락하고 있다. 그리고 카페 중앙에 말없이 앉아 있는 남자와 여자, 지오와 지현이 앉아 있다.

지오는 청바지에 티셔츠, 그리고 겉에 체크무늬 남방을 걸치고 있고, 지현은 정장 차림에 화려한 반지를 끼고, 우아하게 차를 마시고 있다.

지현　　(잔을 내려놓으며) 이게 이렇게 고민할 일이야?

지오 (말없이 잔만 만지작거린다)

지현 단편영화제에서 대상 수상, 그것도 남들은 한 번 받기도
      힘든데 벌써 삼년 연속. 그럼 당연히 상업 영화판으로
      뛰어들어야지. 근데 제작 지원을 받아야 하잖아. 그 제
      작비. 그놈의 돈.

지오 그래서, 내 영화에 투자를 하겠다고?

지현 그냥 단순한 투자가 아니지. 니 영화뿐만 아니라 너의
      인생에 내 인생도 걸겠다는 거지.

지오 (미심쩍은 눈으로 지현을 쳐다보면)

그때, 지오의 전화가 울리는데 발신자를 확인하고 쉽게 전화를 받
지 못한다. 전화한 사람이 누구인지 눈치챈 지현은 가방을 챙기고 일
어나며 지오에게 "전화해" 하고 미련 없이 밖으로 나간다. 전화가 끊
기고, 잠시 뒤 바로 다시 전화가 온다.

지오 (받으며) 어, 은수야

은수 (F) 어디야 오빠??

지오 (머뭇거리며) 어…… 잠깐 경호 선배가 뭐 전해줄 거 있
      다 그래서.

은수 (F) 아, 그래? 그럼 오래 걸려?

지오 아니야. 선배 방금 갔어. 넌 어딘데? 일 끝났어?

은수 (F) 응~ 오늘 섭외가 완전 잘됐다니까!

지오 (슬며시 웃으며) 오빠가 여의도로 갈게. 힘든데 움직이지

말고 있어.

은수   (F) 중간에서 봐도 되는데.

지오   아냐. 갈게. 있어.

은수   (F) 응, 알겠어! 거기 그 집에 있을게.

전화 끊고, 앉아서 생각하다가, 자리에서 일어나 나간다.

#2 카페 앞 길, 해질녘

택시를 잡는 지오. 퇴근 시간이라 그런지 쉽사리 잡히지 않는다.
간신히 한 대를 잡아탄다.

#3 택시 안

택시 뒷자리에 타며 "여의도 KBS별관이요"라고 말하고 차 시트에
몸을 깊숙이 묻는 지오. 정신없이 지나가는 맞은편 차선의 차들을
초점 없는 눈으로 바라본다.

지오   (N) 모든 것에는 규칙이 있고, 또 목적이 있다고 했다.
           저렇게 멋대르 달리는 차들도 결국엔 뚜렷한 목적이 있
           다. 이렇게 갈피를 못 잡고 있는 건…… 서울 시내에 단

하나밖에 없을 것이다. 못나고 못난 정지오. 정지오의 마음. 지금 타고 있는 이 택시가 멈출 곳에 있을 너는…… 내 마음속 수많은 갈림길 중에서 정확히 어느 한곳을 정해주고 나를 그곳으로 밀어 넣어줄 수 있을까? 그리고…… 함께 들어올까?

택시가 목적지에 도착하자 돈을 지불하고 거스름돈을 받고 내리는 지오. 그리고 좀 전에 은수가 있겠다고 한 곳으로 들어가려는데, 창가에 앉아 있는 은수가 보인다. 공책을 펴고 음악을 들으며 뭔가 열심히 쓰고 있다.

#4   카페 안, 저녁

카페 안으로 들어서는 지오. 그리고 조용히 은수 앞에 앉는다. 인기척이 들리자 고개를 드는 은수. 지오를 보자마자 환하게 웃으며 이어폰을 뺀다.

은수   금방 왔네?
지오   응. 택시 탔어.
은수   차 안 밀렸어? 퇴근 시간이잖아.
지오   어. 기사 아저씨가 요리조리 잘 피해 온 거 같아.
은수   저녁은? 나 배고파 죽을 거 같애.

지오   나도 배고파. 먹으러 가자. 근데 뭘 그렇게 열심히 써?

은수   아, 이거? 우리 방송국 드라마 대본 공모전 공지 떴거든.
       그거 시놉 생각난 거 대충.

지오   뭐 먹을래? 물어보나 마나……

은수   밥이지!

지오   나가자. 가서 뭐 생각난 건지 얘기해줄 거지?

은수   응!

은수가 가방을 챙긴다. 먼저 일어난 지오는 은수가 다 챙길 때까
지 기다렸다가 자연스럽게 은수의 가방을 든다. 그리고 카페 밖으로
나간다. 그러곤 그 옆에 있는 음식점에 들어간다.

은수가 치마를 입은 걸 보고 방으로 들어가려다 식탁에 앉는다.
그리고 늘 먹는 메뉴가 있는지 바로 주문을 하는 지오.

자리에 앉기가 무섭게 오늘 하루 있었던 일을 쉬지 않고 얘기하는
은수. 그런 은수의 얘기를 묵묵히 들어주는 지오. 주문한 음식이 나
왔는데도 계속 얘기한다.

지오   밥 안 먹을 거야? 먹고 얘기해도 돼.

은수   먹으면서도 얘기할 건데?

지오   그럼 시놉 얘기부터 해주면 안 돼?

은수   아, 맞다! (헤에 웃으며) 오빠는 고등학교 때 교생 선생님
       이 나온 적 있어?

지오   교생? 글쎄……. 한 번도 없는데. 왜?

은수   그래? 하긴 오빠는 남자 고등학교였으니까 방송실이나
       양호실에 대한 어떤 로망 같은 것도 없었겠다. (밥도 먹
       고, 반찬도 먹고, 우물우물 씹다가 다 삼키고)

지오   (찌개를 한 입 떠먹고) 양호실? 그래서 너는 공학이라 그
       런 게 있었어?

은수   당연하지! 양호실과 방송실은 모든 여고생의 상상의 발
       원지라고! 아주 로맨틱한 상상.

지오   (귀엽다는 듯이 보며) 그래서, 이번 시놉은 너의 고등학생
       때의 로망을 펼쳐보시겠다?

은수   응! 사실 전에도 그렇고 이번에도 그렇고 딱 한 장면을
       위해서 앞의 내용을 풀어내는 거 같아. 이번에도 그래.
       그리고 그 장소는 양호실이고. 주인공은 학생으로 하면
       너무 문란해 보이니까 선생님으로 한 거고. 음…… 선생
       님도 쫌 그런가?

지오   난 잘 모르겠다.

은수   (곰곰이 생각하며 밥을 먹는다)

지오   (찌개를 휘저으며) 은수야.

은수   응?

지오   넌…… 지금도 그 어떤 명예나 부를 생각하지 않고 순
       수하게 예술이란 걸 하는 사람이 있을 거 같아?

은수   (물을 한 모금 마시고 잠시 생각하더니) 글쎄? 난 예술의
       목적이 돈으로 변질되는 순간 더 이상의 예술은 없다고
       생각하는데? 갑자기 왜?

지오   ……아니야……. (하고 숟가락을 내려놓으면)

은수   벌써 다 먹었어?

지오   입맛이 없다. 아까 커피를 많이 마셨더니.

은수   그래?

열심히 밥을 먹는 은수를 가만히 쳐다보는 지오. 그때 지오의 휴대전화가 울린다. 발신자를 확인하고 전화를 받는 지오.

지오   (받으며) 네 선배님. 아뇨. 지금 은수랑 밥 먹고 있어요.
         아, 그래요? 내일요? 네 알겠습니다. 네. (끊으면)

은수   누구?

지오   경호 선배. 내일 김영호 교수님이 보자고 하신다네.

은수   그래?

어느새 밥을 다 먹었는지 정리를 하는 은수. 그걸 보고 짐을 챙기는 지오. 먼저 일어나서 계산을 하면, 옷을 챙기며 은수가 나온다. 확인하고 같이 밖으로 나간다.

#5 거리, 밤

자연스럽게 지오의 손을 잡는 은수. 그리고 은수가 타고 갈 버스가 오는 정류장으로 천천히 걸어간다. 심란한 마음에 아무 말도 없이 걷기만 하는 지오. 그런 지오가 조금 이상해 보이는 은수.

은수   (지오를 보며) 울 아저씨 오늘 이상하다? 잘 웃지도 않고,
         밥도 안 먹고……. 무슨 일 있어?

지오   (웃으며, 안심하란 듯) 아냐, 그런 거. 아무것도 없으니까
         또 혼자 이상한 생각 하지 말고. 알았지?

은수   (의심의 눈길 보내면)

지오   (은수의 볼을 툭 치며) 아무튼 귀엽다니까.

은수   (새초롬하게) 치.

지오   (조금 쓸쓸하게 웃는다)

은수   (정류장에 도착해 버스 도착 안내를 보며) 어! 버스 잠시
         후 도착이래! (버스가 오는 쪽을 보며) 벌써 왔다! (지오에
         게서 가방을 받으며) 나 간다~ 도착해서 전화할게! (하고
         잽싸게 버스 올라타면)

지오   (버스에 타서 자리에 앉는 은수를 보고, 손을 흔들어준다)

버스가 출발하고, 지하철역 쪽으로 발걸음을 옮기는 지오. 얼굴엔
근심이 가득하다. 사람들에 섞여 지하철역으로 사라진다.

#6   지하철역

승강장 안으로 지하철이 들어오고, 문이 열리고, 사람들이 내리

고, 다시 그 안으로 들어가는 사람들과 그 속의 지오. 사람이 별로 많지 않아 자리에 앉는다. 그리고 아까 낮에 있었던 일을 생각한다.

지현   (E) 그 제작비. 그놈의 돈. 그냥 단순한 투자가 아니지. 니 영화뿐만 아니라 너의 인생에 내 인생도 걸겠다는 거지.

답답한 마음에 마른세수를 하는 지오.

지오   (N) 수많은 순간을 너와 함께했다. 기뻤던 순간에도, 슬펐던 순간에도, 화가 나는 그 모든 순간에도 항상 네가 있었다. 그런데 난 그 모든 순간들을 쓰레기통에 처넣어 버리고 아무렇지도 않게 지금 새로 시작을 하겠다는 건가? 이 모든 것들을……. 그리고 널…… 난 지금 버리겠다고 하는 건가? 한낱 돈에…… 이렇게 휘청거리는 놈이라면, 그래, 차라리 날 버려라. 그냥…… 네가 날…….

#7   카페, 낮

카페로 들어서는 지오. 두리번거리며 경호를 찾고 안 보여 전화를 하려는데, 창가에 앉아 있는 지현을 발견한다. 설마 하는 마음에 경호에게 전화를 거는데, 지오를 발견한 지현은 묘한 웃음을 짓는다.

지오	(받으면) 형, 뭐예요?
경호	(F) 아 미안. 지현이 만났니? 오늘 잠깐 보자 그래서 내가 나오라 그랬거든. 그리고 나 지금 일이 아직 정리가 안 돼서 조금 늦을 거 같아. 금방 갈게, 지현이랑 있어라.
지오	(끊으며, 지현의 맞은편 자리에 앉으면)
지현	그렇게 보지 마. 나 너 만나려고 일부러 수 쓰거나 그러진 않으니까. 결국 몸 달은 사람이 먼저 연락하지 않겠어?
지오	(어처구니없이 바라보면)
지현	(여유 있게) 뭐…… 벌써 맘을 정했을 리는 없고, 생각은 했니?
지오	내 관심은 네가 쏟아붓겠다는 그 돈밖에 없어.
지현	그럼, 뭐 그거 말고 내가 더 줄게 있나? 내 몸? 내 마음? 그런 건 은수가 충분히 주고 있지 않니?
지오	(화가 나 주먹을 쥐면)
지현	날 잡자.
지오	무슨 날?
지현	결혼. 아무리 네가 실력이 좋다고 그래도, 그리고 우리 아버지가 회장이라고 해도 늘 일엔 명분이라는 게 필요해. 네가 사위가 된다면 가족이라는 분명한 명분이 생기잖아.
지오	뚫려 있는 입이라고 아주 막 내뱉는구나.
지현	뭘 이 정도 가지고. 그리고 머리 좋은 정지오가 내 입에

서 이런 말 나올 거라고 예상 못했을 리도 없잖아. 안 그
래?

지오   (얼음만 남은 지현의 잔을 들어 얼음을 입안에 넣고 씹는다)

지현   네가 그랬지? 우리나라 드라마 속 돈 있는 악녀 캐릭터
는 너무 현실성이 없다고. 그리고 돈에 휘둘려, 명예욕
에 사로잡힌 남주도 어처구니가 없다고. 지금 우리를 봐.
우린 치열한 현실 속에 있는데, 드라마와 전혀 다르지
않아. 정말 몰랐니? 아님 알면서도 모른 척한 거니?

지오   (대답 없이 지현을 노려보기만 한다)

지현   (재수 없게 웃으며) 벌써부터 그렇게 보지 마. 서운하잖
아. 그럼, 조만간 보자. 그땐 우리 부모님, 너희 부모님도
같이. (하고 일어나 유유히 밖으로 사라지면)

지오, 화가 나 테이블을 주먹으로 내려친다. 그 소리에 놀란 손님
과 직원은 지오를 쳐다보고, 신경도 쓰지 않는 지오는 끓어오르는
화를 어쩌지 못하고 주먹을 쥔 채로 부들부들 떨고 있을 뿐이다. 그
리고 지오는 느끼지 못하고 있지만 계속해서 은수에게 전화가 오고
있다.

#8 술집

이른 시간이라 그런지, 술집에는 지오 혼자 앉아 있다. 그리고 지

오가 앉아 있는 테이블엔 벌써 빈 소주병이 두 개나 된다. 빈 술잔에
다시 술을 따르려는데 전화가 온다. 은수다.

지오　　여보……세요

은수　　(F) 오빠! 어디야! 왜 이렇게 전화를 안 받아!

지오　　…….

은수　　(F) 오빠! 오빠!

지오　　갈림길에 섰어……. 갈림길에 섰는데…… 그래서 난 갈
　　　　피를 잡을 수 없어서 너한테 결정권을 줬어……. 근데
　　　　니가! 강은수가! 날 낭떠러지가 있는 데로 밀었다고!

은수　　(F) 무슨 소릴 하는 거야 오빠! 왜 그래! 술 마셨어?

지오　　(그대로 전화를 끊어버리고, 술을 한 잔 마신다, 자조적으
　　　　로) 병신…… 지금 누구한테 책임을 전가하는 거냐, 너?

디졸브. 지오의 테이블에 빈 병이 더 늘어나 있다. 하지만 아직 지
오의 정신은 멀쩡해 보인다. 눈도 아직 풀리지 않았다. 그때, 술집 안
으로 건우가 들어오고, 지오를 바로 발견하고 앞에 와 앉는다.

건우　　얌마! 넌 지금 시간이 몇 신데 벌써 이렇게 마셨냐?

지오　　(건우를 보며) 왔냐?

건우　　넌 인마, 오랜만에 본 친구한테 왔냐? 이게 다냐?

지오　　(픽 웃으면)

건우　　쪼개지 마, 인마~

술집 알바생이 건우의 잔과 수저, 컵을 주고 가면, 지오가 그걸 보고 건우의 잔에 술을 따른다. 그리고 자신의 빈 잔에도 술을 따른다.

건우   (잔을 들며) 정 감독! 수상 축하한다!

지오   (말없이 웃으며 잔을 부딪치고, 단숨에 마셔버린다)

건우   (다 마신 잔을 내려놓고, 어묵탕 국물을 떠먹으며) 야, 근데
        무슨 일 있냐? 네가 이 시간에 술을 다 마시고?

지오   (말없이 자신의 잔을 채워 또 단숨에 마셔버린다)

건우   야! 할 말은 하고 술을 처마시든지 해라. 바쁜 사람 불러
        놓고, 말도 안 하고 술만 마시냐?

지오   하……. 건우야…… 나…… 한다…….

건우   (뻥튀기를 집어 먹으며) 뭘?

지오   (손으로 가슴을 치며) 내가…… 어? 이 정지오가! 하기로
        했다고!

건우   (순간 짜증이 나서) 아, 그니까 뭐! 그게 뭔데!

지오   (쥐어짜듯) 결혼…… 하기로 했다.

건우   (반색하며) 뭐?! 진짜?! 은수한테 프로포즈한 거야? 야,
        축하한다, 정지오!

지오   아냐…… 틀렸어…… 은수가 아니야…….

건우   (뭔 소린가 해서 보면)

지오   은수가 아니야…… 지현이야……. (하고 테이블 위로 쓰
        러져버린다)

건우   (놀라서 지오를 보며) 야! 정지오! 너 지금 무슨 소릴 하

는 거야!! 정신 차려봐!

지오　　(E) 그리고…… 난 이렇게…… 모든 걸 다 놓기로 했다.
　　　　　내 몸도, 마음도, 그리고 은수도…….

쓰러진 지오의 얼굴 스틸.

#1 방송국 복도

초조하게 방송국 복도에서 누군가에게 전화를 걸고 있는 은수. 상대방이 전화를 안 받는지 끊었다가 다기 전화하기를 수차례다. 시간을 확인하고 힘없이 사무실 자기 자리로 돌아간다.

다른 방송국 부서를 지나 자신이 하고 있는 방송의 팀원들이 있는 곳으로 돌아오는데, 조연출 언니가 처음 보는 사람과 얘기를 하고 있다. 걸어 들어오는 은수를 발견한 조연출은 반색을 하며 얘기하고 있던 사람에게 은수가 왔음을 얘기하고, 그 사람은 뒤돌아 은수를 본다. 지현이다. 지현을 발견하지 못하고 그냥 자기 자리로 가 앉으려는데 조연출이 은수를 부르며 잡는다.

효정	은수야! 너 찾으시는 손님 왔는데?
은수	(고개 들며) 누구요? (하더니 옆에 있는 사람을 보고 놀란 표정. 지현이다) 언니…….
지현	(형식적인 웃음을 지으며) 오랜만이다, 은수야.
은수	(그냥 멍하게 아무 말도 못하고 있으면)
지현	지금 이분께 얘기했더니 너 한 삼십 분 정도는 자리 비 워도 괜찮다고 하는데…….
은수	(효정을 보며) 언니, 유정 언니는요?
효정	어, 지금 팀장님이랑 피디님이랑 국장님 호출받고 갔어. 그리고 너 원래 오늘 출근하는 날도 아니었잖아~ 괜찮 으니까 갔다 와.
은수	그럼 언니 금방 올게요. 무슨 일 있으면 바로 전화 주세 요. (하고 지현에게 이쪽이라고 손짓하면)
지현	(효정에게 눈인사를 하고 은수를 뒤따라 나간다)

#2 방송국 내 카페

은수는 아이스티를, 지현은 따뜻한 레몬티를 마시고 있다.

지현	은수 년 정말 변한 게 없구나. 아직도 신입생 같다.
은수	언니는…… 더 예뻐지셨네요.
지현	그러니? 고맙다.

은수   (지현을 보기가 부담스러워 죄 없는 자신의 아이스티 잔만 하염없이 보고 있는데)

지현   (차를 한 모금 마시며) 난, 돌려 말하는 거 싫어해. 알지?

은수   (뭔가 불안해 지현을 보면)

지현   나, 방금 지오 만났어. 내가 딜을 했고, 지오는 그걸 받아들였어. 지오 성격에 너한테 제대로 말해줄 리도 없고……. 그래서 왔어. 뭐, 오지랖이라고 생각해도 어쩔 수 없고.

은수   (말없이 지현을 보기만 한다)

지현   내가 어떤 제안을 했는지…… 궁금하지 않니?

은수   아뇨. 별로 궁금하지도 않고, 알고 싶지도 않아요. 알고 싶지 않은데…… 언니가 오빠한테 했을 제안…… 더 깊이 생각하지 않아도 답이 나오네요. 언니는 대학교 때부터 지오 오빠한테 내세울 수 있는 게 돈밖에 없었잖아요. 그리고 그건…… 지금도 마찬가지 아닌가요?

지현   (자존심 상하지만 여유로운 척하며) 맞아. 돈밖에 없어. 그리고 돈만큼 쉬운 무기도 없지. (가방을 챙겨 일어나며) 마지막 인사 정도 할 시간은 줄게. 근데…… 지오한테도 그러고 싶은 마음이 있는지는 모르겠네. 오랜만에 봐서 반가웠어, 은수야. (하고 쌩하니 나가버리면)

은수   (혼자 덩그러니 남아 아이스티를 마시는데, 생각하면 할수록 분하고 억울하고 참을 수가 없어서 눈물이 뚝, 뚝, 떨어진다. 그러다 뭔가 결심한 듯 카페를 나서며 지오에게 전화를

건다)

#3 방송국복도

걸어가며 계속 지오에게 전화를 건다. 세 번째 다시 걸었을 때 이
번에도 받지 않나 싶어 끊고 다시 하려는데, 받았다.

지오	(F) 여보……세요
은수	(다급하게) 오빠! 어디야! 왜 이렇게 전화를 안 받아!
지오	(F) …….
은수	(눈가 붉어진) 오빠! 오빠!
지오	(F) 갈림길에 섰어……. 갈림길에 섰는데…… 그래서 난 갈피를 잡을 수 없어서 너한테 결정권을 줬어……. 근데 니가! 강은수가! 날 낭떠러지가 있는 데로 밀었다고!
은수	무슨 소릴 하는 거야 오빠! 왜 그래! 술 마셨어? (전화 끊기고, 다시 전화하려는데 전화가 걸려온다. 건우 선배다. 받으며) 여보세요?
건우	(F) 은수야! 건우 오빠야! 잘 지냈어?
은수	(힘없이) 네…… 오빠…….
건우	(F) 은수야 너 지오랑 싸웠니?
은수	아뇨…… 왜요?
건우	(F) 아니 좀 전에 지오한테 전화 왔는데, 지금 학교 앞에

서 혼자 술 마시고 있다길래 난 또 둘이 무슨 일 있나
했지~

은수   학교 앞이요?

건우   (F) 어. 나 이제 일 끝나서 갈 건데, 은수야 너도 시간 괜
         찮으면 와라. 아무리 그래도 나보다는 애인이 옆에 있어
         주는 게 더 좋지 않냐? 오랜만에 네 얼굴도 보고. 와라?
         알았지?

은수   네…… 알겠어요, 오빠. (전화 끊고, 결심한 듯 사무실로 급
         하게 들어간다)

#4   사무실 은수 자리

    급하게 들어와 짐을 챙기는 은수. 자신의 모니터 앞에 '올라오면
바로 퇴근해'라는 쪽지를 보고는 뒤도 돌아보지 않고 가방을 챙겨
밖으로 나간다.
    방송국 앞. 서 있는 택시에 바로 올라타며 급하게 목적지를 말하
는 은수. 택시는 거침없이 출발한다.

#5   택시 안

    은수가 급해 보였는지 기사 아저씨도 괜히 운전을 빨리 하신다.

초조한 마음으로 창밖을 내다보고 있는 은수. 금방이라도 눈에서 눈물이 떨어질 것 같다.

은수   (N) 이상했다. 어제도 이상하고, 그저께도 이상하고, 계속 이상했다. 알고 있었다. 분명 잘 돌아가던 톱니바퀴가 점점 어긋나고 있다는 걸. 알고 있었으면서도 난 그걸 고칠 생각은 하지 않고 땅속 깊은 곳에 묻고만 있었다. 그런데 이런 불안의 씨앗은 결국 땅 위로 올라와서…… 지금 싹을 틔우려고 한다. 그리고 아주 거대한 잎으로 자라서 나와 그 사람을 어둠 속에 가두려고 한다.

#6 학교 앞 술집골목, 밤

택시가 도착하고, 요금을 지불하고 내리는 은수. 고민하지 않고 어떤 술집으로 들어간다.

#7 술집 안

한산한 술집. 들어가자마자 지오와 건우를 발견하는데, 왠지 모르게 쉽사리 다가가질 못하고 머뭇거리게 된다. 그리고 그때, 지오의 말

소리가 들려와 숨죽이고 듣는다.

지오   (손으로 가슴을 치며) 내가…… 어? 이 정지오가! 하기로
　　　　했다고!

건우   (순간 짜증이 나서) 아, 그니까 뭐! 그게 뭔데!

지오   (쥐어짜듯) 결혼…… 하기로 했다.

건우   (반색하며) 뭐? 진짜? 은수한테 프로포즈한 거야? 야,
　　　　축하한다, 정지오!

지오   아냐…… 틀렸어……. 은수가 아니야…….

건우   (뭔 소린가 해서 보면)

지오   은수가 아니야……. 지현이야……. (하고 테이블 위로 쓰
　　　　러져버린다)

건우   (놀라서 지오를 보며) 야! 정지오! 너 지금 무슨 소릴 하
　　　　는 거야! 정신 차려봐!

눈에서 눈물이 한 줄기, 두 줄기…… 그리고 쉴 새 없이 흐른다. 손
으로 자신의 입을 막은 은수는 뒤도 돌아보지 않고, 그곳을 나온다.

#8 건물 밖

정신이 나간 사람처럼 밖으로 나오는 은수. 움직이지도 못하고, 눈
물을 닦을 생각도 안 하고 그냥 서 있다. 지나가는 사람들이 은수를

흘긋거리며 쳐다본다. 그때 은수의 휴대전화가 울린다. 발신자를 확인하고 손과 팔에 기운이 전혀 들어가지 않은 채 전화를 받는다.

윤호	(F) 여보세요?
은수	흑…… 흑…….
윤호	(F) (놀라며) 여보세요? 은수야? 은수야? 너 왜 그래! 무슨 일이야!
은수	(힘없이 휴대전화를 들고 있는 손을 그냥 내려버린다. 그리고 바로 다시 전화가 온다. 받으면)
윤호	(F) 은수야! 너 지금 어디야!
은수	나…… 나……
윤호	(F) 괜찮으니까 천천히 얘기해봐.
은수	(가슴을 쥐어짜며) 숨을 쉴 수가…… 없어……. 숨이…… 숨이…….
윤호	(F) 어디야, 어? 지금 어디야?
은수	(간신히) 학교 앞에……
윤호	(말 자르며) 가만히 있어. 근처에 앉을 데 있으면 앉아 있고, 계속 심호흡해. 절대 움직이지 마, 나 갈 때까지.
은수	(전화를 끊고, 그 자리에 그냥 주저앉는다)
	(N) 졌다……. 결국…… 나는 내 마음한테 졌다. 늘 나에게 속삭여주었다. 정말 그거 하나로 다 될 거라고 생각해? 오래 같이 있었다고 다 아는 거라고 생각해? 그때 바득바득 우기지만 않았어도…… 지금처럼 이렇게

만신창이는 되지 않았을 텐데…….

　은수, 얼굴을 무릎에 묻고 어깨를 들썩이며 운다. 잠시 뒤, 은수의
앞에 차 한 대가 멈춰 서고, 윤호가 내려 은수에게 다가온다.

윤호　　(은수에게 다가가 눈높이가 맞게 쭈그려 앉으며) 은수
　　　　야…… 은수야?

은수　　(천천히 고개를 들어 윤호를 바라본다. 얼굴은 눈물로 엉망
　　　　이다. 하지만 이런 것 따위 신경 쓰지 않는다. 그리고 소리 없
　　　　이 눈물을 흘린다)

윤호　　(그런 은수를 달래며) 이렇게 다 큰 아가씨가 길에서 울고
　　　　있으면 어떻게 해. 집에 가자. 데려다 줄게.

은수　　(거의 알아듣지 못하게) ……혼……할 거래…….

윤호　　응? 뭐라고?

은수　　(숨 쉬기 힘든 듯 호흡을 가다듬으며) 결혼…… 결혼한
　　　　대……. 결혼할 거래…….

윤호　　(무슨 말인지 알아듣고 놀라 눈이 커진다)

은수　　(가슴을 치며) 있잖아……. 난 여기가…… 지금 너무 아
　　　　프다? 응? 그런데도…… 그런데도 할 거래! 난 이렇게
　　　　아픈데! 자기 혼자 행복하겠대!

윤호　　(은수를 안고 토닥이며) 괜찮아…… 다 괜찮아……. 일단
　　　　집에 가자, 응?

윤호, 은수를 일으킨 다음 부축해 차에 태우고, 자신도 운전석에
올라 바로 차를 출발한다.

#9 은수의 집, 아침

시끄러운 알람 소리에 눈을 뜨는 은수. 알람을 끄고, 주위를 두리
번거린다. 어제 많이 울어서 그런지 눈이 충혈되고 부었다. 그리고 자
신의 집이라는 걸 알고 안도의 숨을 쉰다. 그리고 어제 어떻게 된 건
지 생각한다.

[플래시백]
#7 어제 술집
침대 밖으로 나갈 생각도 안 하고 망연자실해 있는 은수. 그때 은
수의 핸드폰이 울리고 무미건조하게 받는다.

은수   (잠긴 목소리로) 여보세요.

유정   (F) 은수야? 어디 아파?

은수   아뇨…….

유정   (F) 근데 목소리가 왜 그래? 아 오늘 출근 안 해도 돼,
         은수야.

은수   왜요?

유정   (F) 어, 우리 방송 날짜랑 스케줄 보고 조정 좀 했어. 그

랬더니 한 사흘? 정도는 다들 쉬어도 되겠더라고.

은수   아, 정말요?

유정   (F) 어. 그러니까 그냥 집에 있어. 우리 언제 또 이렇게
       쉬게 될지 모르잖아. 그럼 방송국에서 보자~ 이번 주
       방송 꼭 모니터하고!

은수   네.

전화 끊고, 천천히 일어나 화장실로 들어가는 은수. 잠시 뒤 물소
리가 들리고 은수의 휴대전화가 울리기 시작한다. 발신자는 지오다.

사이. 씻고 나온 은수. 젖은 머리를 수건으로 털며 휴대전화를 보
는데 지오에게 부재중 전화가 와 있다. 흔들리는 은수. 하지만 전화를
하지 않는다. 옷을 갈아입고, 화장을 하고, 머리를 하고……. 나갈 준
비를 다 하고 현관을 나서는데, 현관에 붙어 있는 쪽지를 발견한다.
'난 오늘 2시부터 후리함. 원래 톱스타일수록 외로운 법이라며? 책임
져라, 은댕아' 잘 움직여지지 않는 얼굴 근육을 억지로 위로 올리며
웃는 은수. 쪽지를 떼어 가방에 넣고 밖으로 나간다.

#10 버스 안, 오전

한산한 버스 안. 그리고 뒷자리에 앉아 있는 은수. 얼굴에 표정이
하나도 없다. 무미건조하다. 멍하니 창밖을 바라본다.

은수   (N) 시간은 모두 어디로 흘러가는 걸까? 시간은 누구에
게나 공평하게 주어지지만 다 다른 속도로 흘러가는 것
같다. 그리고 손에 잡을 수만 있다면, 어제로 돌아가 술
집으로 들어가기 전 시간을 꽉 잡고 틀어막고 싶다. 그
리고 영원히 그 누구도 모르게 봉인을 해버리고 싶다.
이렇게 난 지금 모든 게 간절하다.

버스에서 내리고, 대형 서점 안으로 느릿하게 사라지는 은수.

#11 서점 안

이른 시간인데도 코너마다 책을 보고 있는 사람이 꽤 있다. 그리
고 의미 없이 이 책 저 책 들춰 보는 은수. 『낡에게 와요』라는 책을
들어서 펴 보려고 하는데 전화가 온다. 지오다. 순간 흔들린다. 하지
만 받지 않고 가방 속에 휴대전화를 넣어버린다. 그리고 다시 울리는
전화. 역시 지오다. 책을 내려놓고 전화를 받는 은수.

은수   (받았지만 말하지 않는다)

지오   (F) 은수야…….

은수   (이 악물고, 눈물 참고) 나 바뻐.

지오   (F) 나 좀…… 살려줘 은수야…….

은수   (이상해서) 여보세요? 오빠? 오빠!

지오   (F) 나…… 살고 싶어…….

은수   (전화 끊기고, 미련 없이 서점을 나온다)

#12   **거리, 낮**

   급하게 택시를 잡아타는 은수. 은수가 탄 택시가 거리의 차들 속
에 섞여 빠르게 사라진다.

#13   **지오의 집 앞 / 집**

   택시 한 대가 지오의 집 앞에 멈춰 서고, 그 안에서 급하고 초조한
은수가 내려 건물 안으로 뛰어 들어간다. 거침없이 비밀번호를 누르
고 안으로 들어가는 은수. 신발을 던지는 수준으로 벗고 지오가 있
을 것으로 추정되는 방으로 문을 열고 들어간다. 문을 열고 방으로
들어가면 창백하고, 입술은 말라 있고, 땀과 눈물로 범벅이 된 지오
가 누워 있다. 그 모습을 보자마자 은수의 눈에서 눈물이 후두둑 떨
어진다. 집에 들어온 기세와는 달리 천천히 침대로 다가가는 은수.
그리고 지오 앞에 무너지듯 주저앉는다.

   은수   (울면서) 이게 뭐야? 오빠가 왜 이러고 있어? 어? 왜 이
            러고 있냐고!

지오   (말없이 은수를 힘겹게 바라보면)

은수   (악에 받쳐, 서럽게) 나도 이렇게 아무렇지 않은 척하고
        있는데! 오빠가 뭔데 이러고 있냐고!

지오   (은수의 얼굴로 손을 뻗어 눈물을 닦아준다)

은수   (지오의 손을 피하지 않고 원망 섞인 눈으로 지오를 바라본
        다. 지오가 손을 내리면 자신의 손을 뻗어 지오의 이마를 짚
        는다) 약 가지고 올게. (서둘러 거실로 나온다)

거실로 나와 서랍을 열며 약을 찾는 은수. 손이 벌벌 떨린다. 해열
제를 찾고, 부엌으로 가서 물을 따라 쟁반에 올린 뒤 약과 함께 가지
고 다시 방으로 들어가는 은수. 지오는 그새 잠이 들었는지 눈을 감
고 있다. 부스럭 소리가 들리자 희미하게 눈을 뜨는 지오. 은수가 약
을 가지고 온 걸 보고 일어나 앉는다. 약과 물을 건네주는 은수. 받
아서 약을 먹는 지오. 다시 컵을 주고, 그 컵을 받은 은수는 바로 방
으로 나간다. 둘은 서로의 눈을 보려고 하지 않고, 말도 하지 않는다.
    거실로 나온 은수는 컵을 싱크대에 내려놓고 초점 없이 한곳을 응
시한다. 다시 눈물이 떨어진다. 그리고 주저앉으며 입을 틀어막고 서
럽게 운다. 사이. 어느 정도 진정된 은수는 눈물을 닦고 다시 방으로
들어간다. 자고 있는 지오. 침대 앞에 앉아 그 모습을 멍하니 바라본
다. 그러다 침대에 자신의 등을 대고 돌아서 앉는다.

은수   (N) 언젠가 불현듯 생각을 했던 적이 있다. 내가 생각지
        도 못했던 그런 일들이 벌어졌을 때, 난 어떻게 해야 할

까. 그리고 그때부터 알게 모르게 내 몸과 마음은 스스로 준비를 시작했다. 익숙해지도록 몇 번이나 상상을 했었다. 하지만 하나도 도움이 되지 않았다. 하나도…….

지오　　(뒤척거리면)

은수　　(뒤돌아 지오를 본다) ……좋아?

지오　　……화 안 나니?

은수　　뭐라고 얘기해줄까. 오빠 뺨이라도 때리고, 너가 그러고도 인간이냐그, 너가 나한테 어떻게 이런 똥을 줄 수 있냐고, 소리 지르고, 울고불고…… 그렇게 해줄까? 내가 그렇게 하면…… 다 없던 일로 할 거야? 그럴 거야? 그럴 거 아니잖아. 근데 뭐하러 기운 빠지게……. 그래. 됐어. 결국 나만 더 지치고 상처받는 거잖아.

지오　　……미안해…….

은수　　(울컥해서) 그런 흔해 빠진 말 할 거면 그냥 가만히 있어.

아픈 눈으로 은수를 바라보는 지오. 약기운이 밀려오는지 눈을 감는다. 눈꼬리에 남아 있던 눈물이 떨어진다. 그런 지오를 보고 다시 뒤돌아 앉는 은수. 기운이 없어 축 처져 있는데, 그때 문자가 온다. 는적는적 가방에서 휴대전화를 꺼내 문자를 확인하는 은수. 문자를 확인하고, 시간을 보고 당황한다. 윤호에게서 온 문자다. '어디야?' 그리고 가방에서 아까 집에서 나올 때 떼어서 가지고 나온 쪽지를 꺼내 다시 읽는 은수. 그렇게 어쩔 줄 모르고 있는데 전화가 온다. 윤호다.

은수	(조심스럽게) 여보세요?
윤호	(F) 응, 어디야? 방송국이야?
은수	아니…….
윤호	(F) 그러면? 뭐 자료 조사하러 나왔어? 설마 갑자기 답 사하러 배 타고 섬 들어간 거 아니지?
은수	아냐, 서울이야. 넌 일 다 끝났어?
윤호	(F) 응~ 생각보다 일찍 끝났네. 어딘데? 데리러 갈까?
은수	(쉽사리 대답을 못하고 있으면)
윤호	(F) (뭔가 이상한) 여보세요? 은수야?
은수	나…….
윤호	(F) (눈치챈) 여기서 10분이면 도착한다. 준비하고 있어. 도착하면 전화할 테니까.
은수	알겠어…….
윤호	(F) 아니다. 안에 있지 말고 밖에 나와 있어.
은수	(뭐라 말하려는데 전화가 그냥 끊긴다. 한숨을 쉬고 나갈 준비를 하는 은수. 돌아서서 지오를 보려다 말고 그냥 거실로 나간다. 그리고 뒤도 안 돌아보고 신발을 신고 바로 밖으로 나간다)

#14 지오 집 앞, 낮

바닥만 보고 서 있는 은수. 어깨가 축 내려가 있다. 차 소리가 들려서 보니 저 멀리 골목 끝에서 차 한 대가 오고 있다. 윤호의 차다. 차가 오는 방향을 쓸쓸하게 쳐다보는 은수.

은수 (N) 사람에게는 참 여러 가지 의미로 소중한 사람들이 있다. 윤호는 어떤 의미로 소중한 사람일까? 윤호도 잊어서는 안 되는 사람인데…… 난 자꾸…… 널 잊게 돼, 윤호야…….

은수의 눈에서 눈물이 한 방을 떨어지고, 은수 얼굴 클로즈업 스틸.

#1 영화촬영장, 밤

영화 촬영장, 진행팀이 부산스럽게 촬영장에 널려 있는 소모품들을 치우고 있고, 감독과 배우, 윤호가 방금 촬영한 장면을 모니터로 확인하고 있다. 굉장히 매서운 눈으로 자신이 연기한 걸 모니터 중이다.

감독　　(기분 좋게) 오케이! 이번 감정선 정말 좋았어, 윤호 씨! 시간이 흐를수록 볼 때마다 윤호 씨가 은호인지, 은호가 윤호 씨인지 헷갈린다니까!

윤호　　(사람 좋아 보이는 웃음을 지으며) 감사합니다, 감독님.

감독　　오늘 촬영은 여기까지 하고~ 연출부! 다음 촬영 스케

줄 확인해서 윤호 씨한테 알려주고.

윤호 　　그럼, 먼저 들어가 보겠습니다, 감독님. 오늘 정말 고생
　　　　하셨습니다.

감독 　　자네도 수고했네. 다음 촬영 때 보자고!

인사를 하고, 매니저와 함께 촬영장을 빠져나가는 윤호. 매니저와
나란히 걷다 갑자기 걸음을 멈춘다. 없어진 윤호를 보고, 뒤돌아보는
매니저.

매니저 　　왜?

윤호 　　형, 나 그냥 내 차 타고 바로 들어갈게.

매니저 　　그럴래? 피곤한데 그냥 가지? 괜찮겠어?

윤호 　　응~ 괜찮아. 들어가 형도.

매니저 　　(윤호의 어깨를 치며) 그래. 낼 보자.

#2　윤호 차 안, 밤

인사하고 자신의 차에 올라타는 윤호. 겉옷을 벗어 뒷자리에 두고
휴대폰을 꺼내 부재중 메시지를 확인한다. 계속 핸드폰 화면을 넘기
며 확인하다 어느 메시지를 보고 멈춘다. 그러곤 읽으며 웃는다. '생
방송 오늘 작가님이 너 이번 주 주말 스케줄 알아내래 ㅎㅎ -은댕-'
그리곤 시동을 걸며 '은댕'에게 전화를 건다.

윤호   여보세요?

은수   (F) 흑…… 흑……

윤호   (놀라며) 여보세요? 은수야? 은수야? 너 왜 그래! 무슨
         일이야! (전화가 그냥 끊기고, 놀란 윤호는 바로 다시 전화
         를 건다. 받으면) 은수야! 너 지금 어디야!

은수   (F) 나…… 나……

윤호   괜찮으니까 천천히 얘기해봐.

은수   (F) 숨을 쉴 수가…… 없어……. 숨이…… 숨이……

윤호   (조급해하며) 어디야, 어? 지금 어디야?

은수   (F) 학교 앞에,

윤호   (말 자르며) 가만히 있어. 근처에 앉을 데 있으면 앉아 있
         고, 계속 심호흡해. 절대 움직이지 마, 나 갈 때까지. (전
         화 끊고는 바로 출발한다)

사이. 거칠게 운전을 하는 윤호. 얼굴에는 근심이 가득하다.

윤호   (N) 끝없는 터널을 지나가는 느낌이다. 내가 지금 얼마
         만큼 왔는지 감히 가늠할 수 없어 다시 돌아갈 수도 없
         고, 그렇다고 이렇게 무모하게 계속 앞으로 나아갈 수도
         없는 그런……. 답답함과 불안과 초조함과, 때론 왜 발
         을 들였을까 하는 어리석음. 너는 나를 이 지긋지긋하고
         음습한 터널이 끝나고 새로운 빛을 맞이하는 그곳으로
         이끌어줄 수 있을까?

늦은 시각, 차가 많지 않은 거리를 윤호의 차가 빠르게 지나간다.

#3 은수의 대학교 근처, 밤.

익숙하게 학교 근처 골목으로 들어가는 윤호의 차. 차를 천천히 몰며 은수의 흔적을 찾는다. 그리고 얼마 지나지 않아, 문이 닫힌 식당 앞에 쭈그리고 앉아 있는 은수를 발견하고, 그 앞에 차를 세우고 바로 차에서 내린다. 그리고 은수에게 다가간다.

윤호	(은수에게 다가가 눈높이가 맞게 쭈그려 앉으며) 은수야…… 은수야?
은수	(천천히 고개를 들어 윤호를 바라본다. 얼굴은 눈물로 엉망이다. 하지만 이런 것 따위 신경 쓰지 않는다. 그리고 소리 없이 눈물을 흘린다)
윤호	(그런 은수를 달래며) 이렇게 다 큰 아가씨가 길에서 울고 있으면 어떻게 해. 집에 가자. 데려다 줄게.
은수	(거의 알아듣지 못하게) ……혼…… 할 거래…….
윤호	응? 뭐라고?
은수	(숨 쉬기 힘든 듯 호흡을 가다듬으며) 결혼…… 결혼한 대……. 결혼할 거래…….
윤호	(무슨 말인지 알아듣고 놀라 눈이 커진다)
은수	(가슴을 치며) 있잖아…… 난 여기가…… 지금 너무 아

프다? 응? 그런데도…… 그런데도 할 거래! 난 이렇게
아픈데! 자기 혼자 행복하겠대!

윤호   (은수를 안고 토닥이며) 괜찮아……. 다 괜찮아……. 일
단 집에 가자, 응?

윤호, 은수를 부축해 차에 태우고, 자신도 운전석에 올라 바로 차
를 출발한다.

#4 윤호의 차 안, 밤

신호에 걸려 멈춰 선 차. 보조석에 앉아 있는 은수는 잠이 들어 있
다. 아픈 눈으로 은수를 쳐다보는 윤호. 뒷자리에 던져놓은 자신의
겉옷을 조심스럽게 덮어준다. 그러곤 답답한 듯 마른세수를 한다. 신
호가 바뀌고, 신경질적으로 차를 출발시킨다.

#5 은수의 집 앞, 밤

윤호, 시동을 끄고 차에서 내려 보조석 문을 열고, 은수가 깨지
않게 조심스럽게 업는다. 그리고 익숙한 듯 계단을 올라가 자연스럽
게 비밀번호를 누르고 은수의 집 안으로 들어간다.

#6 은수의 집, 밤

원룸인 은수의 집. 침대로 다가가 잠든 은수를 침대에 눕히고, 겉옷과 양말을 대충 벗긴다. 그리고 이불을 목까지 덮어준 다음, 부엌으로 가 냉장고 문을 열고, 물을 찾아 반병 이상을 숨도 안 쉬고 벌컥벌컥 마신다.

> 윤호 하아하아……. (그리고 싱크대에 쌓여 있는 설거지를 보고, 고개를 절레절레 저으며 물병을 냉장고에 다시 넣고 싱크대 쪽으로 몸을 돌리는데, 은수가 뒤척이는 소리가 나 뒤돌아본다)

사이. 윤호, 책상 의자를 침대 쪽으로 끌고 와 앉는다. 그리고 안쓰러운 얼굴로 가만히 자고 있는 은수를 바라본다. 울어서 빨개진 눈을 가만히 쓸어본다. 그리고 침대 옆 키 낮은 서랍 위에 있는 은수와 지오의 사진, 자신과 함께 찍은 초등학교, 중학교, 고등학교 졸업 사진이 함께 있는 액자를 차례대로 바라본다. 그리고 최근에 찍은 것 같은 자신과 은수의 사진이 든 액자를 들어 바라본다.

> 윤호 (N) 한없이 순정남이었다가, 차가운 도시 남자였다가, 애 딸린 철없는 대학생이었다가……. 일정한 주기로 나를 지칭하는 수식어가 바뀐다. 한 번도 있는 그대로의 나를 보여줄 수 없었다. 내 삶은 카메라 안에서의 삶은

물론 카메라 밖에서도 '배우 지윤호'라는 가면을 쓰고 있어야 했다. 그런데…… 자꾸만 이런 가면 따위, 벗어던지고 싶은 욕망이 들끓는다. 다 벗어버리고 홀가분해지고 싶은 욕심이 든다. 그리고 이 모든 것의 원인은…… '너'에게로 귀결된다.

윤호의 휴대전화가 진동하고, 발신자를 확인하고 받는다.

윤호   어, 형…… (액자를 제자리에 놓으며) 내일 오전에? 아, 그래? 알겠어. 그럼 숍으로 바로 갈게. 어. (끊고, 아까 은수가 자신에게 하려고 했던 얘기들을 곱씹으며, 자조적으로 웃는다) 결혼이라…… 정지오가? 하…… 그럼, (은수를 보며) 앤 뭐지? (한숨 쉬고) 넌 그런데도! (복잡한, 눈가가 붉어진다)

날이 서서히 밝아오고, 설거지를 하고 있는 윤호. 침대에서 곤히 자고 있는 은수. 설거지를 끝낸 윤호는 시간을 확인하고 자신의 겉옷을 챙겨 입는다. 나가기 전에 한 번 더 자고 있는 은수를 살펴보는 윤호. 이마를 덮고 있는 앞머리를 한 번 쓸어준다. 나가려다가, 뭔가 생각났는지 다시 들어와 은수의 책상으로 가서 메모지와 펜을 찾아 '난 오늘 2시부터 후리함. 원래 톱스타일수록 외로운 법이라며? 책임져라 은댕아'라고 쓰고 현관으로 와 신발을 신으며 현관문 앞에 메모를 붙인다. 그리고 나가기 전에 자고 있는 은수를 한 번 보고 나간다.

#7 카페, 오전

   부산스러운 카페 안. 그 안에 말끔한 정장을 입고, 완벽한 헤어와
메이크업을 한 윤호가 뜨거운 조명 아래에서 여유 있게 인터뷰를 하
고 있다. 스태프들은 이런 윤호를 가만히 쳐다보고 있다. 리포터의
"수고하셨습니다"라는 말과 함께 인터뷰가 끝나고, 스태프들에게 인
사하는 윤호. 그러곤 매니저와 함께 그곳을 빠져나온다. 카페 밖에
윤호의 팬들이 윤호가 나오자 "오빠!" "이것 좀 받아주세요!" 하며 소
리 지르며 소란을 피우고, 윤호는 그들을 보며 억지 미소와 눈인사를
해주고 바로 밴에 올라탄다. 윤호가 차에 탄 걸 확인하고 매니저도
바로 앞좌석에 올라탄다.

#8 차 안, 오전

매니저   (뒤에 앉은 윤호를 보며) 시간 좀 여유 있는데 뭐 좀 먹고
         갈래?

윤호   (눈 감으며, 다 귀찮다는 듯이) 생각 없어…….

매니저   (갸우뚱하며) 알겠다. (차를 출발하고)

윤호   (혼잣말로) 나도…… 숨 쉴 통로 하나만 만들어주
         라…….

매니저   뭐라고?

윤호   이따가 형우한테 나 끝나는 시간에 맞춰서 차 좀 방송

국으로 가져오라고 해줘.

매니저 　그것도 알았다.

윤호 　(몸을 창 쪽으로 돌려 누우며 억지로 잠을 청하려고 한다)

#9 　방송국 지하주차장

방송을 끝내고 주차장으로 내려오는 윤호와 매니저. 윤호의 손에
는 자신의 차 키가 들려 있다.

매니저 　윤호야, 촬영 세트에 문제 생겼다고 다음 주부터 촬영
　　　　들어갈 거 같다고 연락 왔다.

윤호 　그래? 알았어. 내일은?

매니저 　(곰곰이 생각하다) 아마 내일은 특별한 거 없을 거다. 오
　　　　늘처럼 갑자기 인터뷰 생기지 않으면.

윤호 　(웃으며) 알았어. (재킷을 벗고, 뒷문을 열어 던지며) 그럼
　　　　나 들어간다.

매니저 　그래 오늘도 고생했다.

윤호 　형도. (앞문을 열어 차에 올라탄다)

매니저 　(차에 탄 윤호를 보고 자신도 차에 올라타고, 바로 출발한
　　　　다)

윤호, 주차장을 빠져나가는 자신의 밴을 보고, 핸드폰을 꺼내 시
간을 확인한다. 그리고 은수에게 문자를 보낸다. '어디야?' 그리고 괜
히 초조하게 은수의 답장을 기다린다. 라디오를 켜고, 라디오 채널을
돌리다 아는 노래가 나오는 채널에서 멈추고 흥얼거리며 따라 부른
다. 사이. 답이 없는 핸드폰을 바라보며 갸우뚱한다.

윤호	많이 바쁜가? (핸드폰을 집어 들고 괜히 만지작거리다 전화를 건다)
은수	(F) 여보세요?
윤호	응, 어디야? 방송국이야?
은수	(F) 아니…… .
윤호	그러면? 뭐 자료 조사하러 나왔어? 설마 갑자기 답사하러 배 타고 섬 들어간 거 아니지?
은수	(F) 아냐, 서울이야. 넌 일 다 끝났어?
윤호	응~ 생각보다 일찍 끝났네. 어딘데? 데리러 갈까?
은수	(F) …….
윤호	(뭔가 이상한) 여보세요? 은수야?
은수	(F) 나…….
윤호	(열 받은, 그러나 참는) 여기서 10분이면 도착한다. 준비하고 있어. 도착하면 전화할 테니까.
은수	(F) 알겠어……

윤호 (말 자르며) 아니다. 안에 있지 말고 밖에 나와 있어. (바로 끊고, 핸드폰을 옆자리에 내던지며, 시동을 걸고 시끄러운 소리를 내며 거칠게 주차장을 빠져나간다)

주차장을 빠져나와 은수가 있는 곳으로 거칠게 운전을 하는 윤호. 표정에는 그냥 단순하게 화가 났다고 할 수 없는 그런 여러 가지 감정들이 다 드러난다. 화도 나고, 답답하고, 슬프고, 애처롭고 그렇다.
어떤 골목으로 들어가니 앞에 은수가 서 있다. 시끄러운 마찰음을 내며 은수 앞에 서는 윤호의 차. 윤호는 은수는 쳐다보지도 않고 앞만 보고 있다. 은수가 올라타고, 안전벨트도 매기 전에 바로 출발해 은수의 몸이 뒤로 쏠린다. 하지만 은수는 윤호 눈치만 보고, 아무 말도 못 한다.
골목을 빠져나와 큰길로 들어서는 차 안. 신호가 걸리고 그때야 은수를 보는 윤호. 빨개진 눈가를 보고 울화가 치민다.

윤호 (신경질적으로) 넌 내가 지금 어디 가는지 궁금하지도 않냐?
은수 (기가 죽어) 궁금한데…… 물어보면 대답해줄 거야?
윤호 (어이없다는 듯) 하.
은수 (기분이 나빠지며 윤호를 쳐다본다) 너 왜 이렇게 화내는 건데? 내가 정지오 집에 간 게 너가 이렇게 화가 날 일이야? 내가 어딜 가는 것도 네 허락받고 가고 움직이고 그래야 돼?

| 윤호 | (소리 높이며) 넌 자존심 그딴 것도 없어?! |
| 은수 | (놀라며 원망 섞인 눈으로 쳐다본다) |

그때 뒤에서 자동차 경적이 들리고, 작게 욕을 뱉으며 출발하는 은호. 갑자기 핸들을 오른쪽으로 돌리며 골목 안으로 들어간다. 그리고 골목에 주차되어 있는 차들을 격하게 피하며 속력을 줄이지 않고 운전을 한다. 윤호가 핸들을 꺾을 때마다 은수의 몸이 좌우로 흔들린다. 그러다 막다른 골목이 나오자 급브레이크를 밟아 차를 세우는 윤호. 안전벨트를 풀고 은수 쪽으로 몸을 돌려 울고 있는 은수의 얼굴을 잡고 급하고 거칠게 입을 맞추고, 놀란 은수는 윤호한테 벗어나려고 버둥거린다. 윤호, 입을 뗀다. 둘 다 거칠게 숨을 쉰다.

윤호	(숨을 고르며) 그래! 화가 나 미칠 거 같아! 너 어제 그렇게 죽을 것처럼 아프게 울어놓고, 언제 그랬냐는 듯이 그 자식 옆에 붙어 있는 꼴, 보지 않아도 속이 다 뒤집어진다고!
은수	(서러움에 눈물이 차고) 잊지 않았어, 하나도 잊지 않았어! 내가 어제 왜 그렇게 가슴이 아팠는지, 내 심장이 산산조각 나는 그런 아픔을 느꼈는지 다 기억나! 아직도 생생해서 지금도 숨을 쉴 수가 없어!
윤호	그런데도 그 새끼 얼굴을 보고 싶어, 너는?
은수	그래! 나도 아픈데, 그 사람도 아프대! (눈물이 볼을 타고 흐르면) 나를 그렇게 아프게 해놓고…… 아프다잖

아……. 내가 아픈 것보다도 그 사람이 아프다는 그 사실을 참을 수가 없었어……. 그래서 갔어……. (눈물을 점점 많이 흘리며) 근데 이게 너가 화를 낼 일이야? 어? 그래?

윤호   (화가 나고 마음이 아파 고개를 돌려 앞을 바라본다)

은수   (서럽게 울면서) 대체 다들 나한테 왜 그래? 하루가 전쟁이야, 하루가! 마음 편히 넘어간 날이 없어! 근데 이젠 너까지 왜 그러는 거야 대체! 내가 뭘 그렇게 잘못했는데!

윤호   (말하려는데 은수의 휴대전화가 울린다)

은수   (받으며) 여보세요? 네, 작가님, 아니에요. (눈물 닦으며) 지금 바로 들어갈게요. 네, 금방 갈 수 있어요. 네. (끊고 차에서 내리려고 하면)

윤호   (시동 걸며) 데려다 줄게.

은수   (무시하고 그냥 내려버린다)

차에서 내려 아까 차가 들어왔던 방향으로 빠르게 걸어가는 은수. 그리고 바로 뒤따라 내려 그런 은수를 뒤에서 안아버리는 윤호.

은수   (바둥대며) 놔! 이거 놔!

윤호   (은수를 더 꽉 안으며) 미안해……. 미안해……. 다 내가 잘못했어…….

은수   (서운함에 눈물만 뚝뚝 흘린다)

윤호   너 때문에…… 내가 어떤 인간인지 점점 알게 된다. 진

짜…… 속 좁고, 질투도 많고……. 근데 이런 거 자꾸 알
게 되는 거…… 처음엔 싫었는데 이젠 너로 인해 나를
알아간다는 게 신기하고…… 기분이 좋아지려고 해.

은수   (조금 진정되면)

윤호   그리고 이제는 내 마음이 지쳐 없어지기 일보 직전이라
            는 것도…… 방금 알게 됐다.

은수   (놀라 눈이 커지면)

윤호   (은수를 안고 있던 걸 풀고 돌려 세워 자신을 보게 한다) 이
            제는…… 나도 좀 바라봐주면…… 안 돼?

은수   (놀라고, 당황스럽고, 또 미안한 눈으로 윤호 쳐다본다)

윤호   (N) 이제는 뒤에 있고 싶지 않다. 그녀가 보고, 듣고, 느
            끼는 모든 것들을 그녀와 같은 곳에 서서…… 보고, 듣
            고, 느끼고 싶다. 그리고 그녀의 시선에 내가 늘 머물기
            를…… 나를 오롯이 담아주기를…… 바라고…… 또 바
            란다.

지오, 은수, 윤호 얼굴 3분할로 나오고, 타이틀 〈은유의 시대〉 올
라온다.

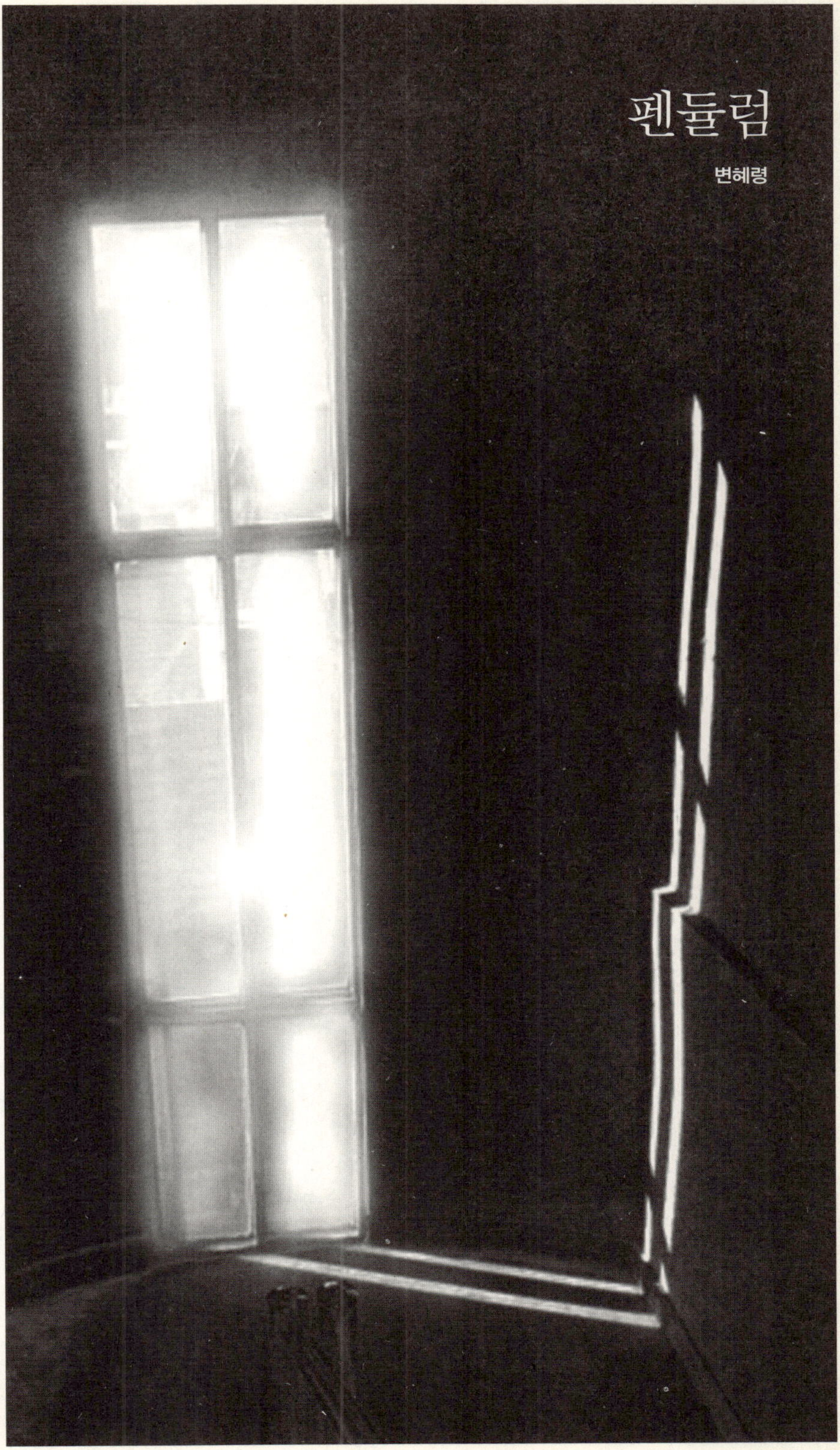

펜듈럼

변혜령

변혜령

2003년 〈서울신문〉 신춘문예 희곡 부문에 당선되어 등단했다. 영화와 드라마 대본 작업에 매진하고 있으며, 각종 기관에서 심리 상담사로 활동하며 청소년을 대상으로 독서 심리수업을 진행 중이다.

펜듈럼

#1 은지의 집 부엌, 밤

은지의 흥얼거림과 어우러져 보글보글 끓고 있는 찌개. 후후 불어 가며 간을 보는 은지의 얼굴. 행복한 미소가 배어 나온다. 평범하기 그지없는 일상이다.

문득 환청처럼 들려오는 어린아이의 웃음소리. 정지한 채 귀 기울이는 은지. 웃음소리, 점점 더 또렷하게 들려온다. 흠칫 굳어지는 은지, 불안한 시선으로 거실로 다가간다. 휘청 현기증 느끼는 은지, 간신히 바로 서는데…… 후다닥 방으로 뛰어가는 사내아이의 뒷모습. 은지의 손에서 미끄러져 산산조각 나는 그릇. 숨넘어갈 듯 쫓아가는 은지.

#2 은지의 방

애써 진정하며 방 안을 살피는 은지. 불안한 마음에 장롱이며 심지어는 서랍까지 샅샅이 뒤져본다. 하지만 아무것도 없다. 기운 빠져서 있던 은지, 문득 화장대를 본다. 액자 사진 속에서 은지와 남편 규영이 행복한 웃음을 웃고 있다. 그제야 얼굴에 도는 안도감.

#3 은지의 집 거실

가느다랗게 '똑똑똑' 물 떨어지는 소리 들린다. 소파에 누워 잠들어 있는 은지, 미세하게 몸을 뒤척인다. 그 위로 들리는 은석의 목소리. 그 목소리는 은지의 꿈처럼, 혹은 과거의 기억처럼 느껴진다.

은석　　(E) 천천히…… 셋, 둘, 하나. 숨을 깊게 들이마십니다. 당신의 의식은 아주 깊은 정신 상태에 있습니다. 이제 당신의 모든 감각을 내 목소리에만 집중하십시오. 이 상태에서 당신이 원하는 모든 것이 이루어집니다…….

벼락처럼 울려대는 초인종 소리. 벌떡 일어나는 은지. 정신이 덜 든 상태에서 리모컨으로 오디오 소리를 끈다. 그와 동시에 끊기는 은석의 목소리. 머리 만지며 잰걸음으로 걸어 나가는 은지.

은지　　누구세요?
목소리　　배달 왔습니다, 사모님. 아까 주문하신 거요.

타이틀 〈펜듈럼〉 떴다 사라진다.

#4 은지의 부엌, 아침

다음 날.

아침 식사 중인 은지와 규영. 먹지 않고 규영의 시중만 드는 은지의 얼굴, 푸석하다. 은지의 밥 위에 다정스레 반찬을 얹어주는 규영.

규영   안 먹어, 당신?

은지   입맛이 없네. (규영 앞에 반찬 놓아주고) 출근할 사람이
        든든히 먹어야지.

규영   (보다가) 얼굴도 쎄꾼하고, 어디 아픈가.

은지   아프긴.

규영   병원 예약해줄게 가볼래?

은지   쌩쌩하네요. 걱정 말고 어서 먹어요.

규영   어떻게 걱정이 안 돼.

은지   와이프가 다이어트해서 섹시해지면 좋지 뭘.

규영   난 당신이 빵빵한 호빵맨처럼 됐음 좋겠는데. 그래야 딴
        놈들이 안 넘보지.

은지   (웃음) 아휴~ 결혼한 아줌마를 누가 넘봐.

규영   네 이웃의 아내를 탐하라, 그런 영화도 모르나 보지.

은지   탐하지 말라가 아니고?

규영	그 말이 그 말이야. 탐하니까 탐하지 말라고 강한 부정을 쓴 거지.
은지	그 영화 봤어?
규영	아니.
은지	에이구. (곱게 흘기며 꼬집고) 이따가 오빠 만날까 하는데.
규영	잘 생각했어. 맛있는 거 많이 사달래. 당신 입맛도 없는데.

#5 거리, 낮

바쁘게 오고 가는 행인들. 그 틈에 끼어 걷고 있는 은지, 왠지 현기증이 난다. 걸음을 멈추는데, 바쁘게 걷는 사람들 사이에서 혼자만 이방인 같다. 서서 주위를 둘러보니 유독 '점집'이라 쓰인 간판이 눈에 띈다. 불쑥 '점집'이라고 쓰인 집으로 빨려 들어가듯 들어가버리는 은지.

#6 점집

신내림을 받은 무당의 집이다. 50대 중반의 여자 무당, 매서운 눈매로 은지 본다. 쏘는 듯한 시선에 퍼뜩 정신이 들어 허둥대며 나가려는 은지.

무당	(거역할 수 없는 중압감이 실린 목소리로) 문 열고 게 앉어.
은지	(자신도 모르게 문 열고 앉고)
무당	쯧쯧, 동자가 지나가는 걸 채 왔네그려.
은지	네?
무당	(은지 뒤쪽 문에 시선 주고) 코 주위랑 눈도 닮고, 누구야 저 동자?
은지	누구라니요? (펄쩍 문 뒤 살피는데)
무당	쯧쯧, 그걸 내가 어찌 아누. 그놈 참 자알 생겼다.
은지	(소름 돋아 버럭) 무섭잖아요, 아줌마. 왜 이러세요.
무당	지비가 동자랑 들어온 걸 내 어찌 아누.
은지	(등 돌려 나가며) 사람 잘못 보셨어요. 이런 식으로 복채 받는 거, TV에서 많이 봤어요. (큰소리치면서도 두렵다) 이런 수법에 안 속아요, 난.
무당	(여전히 문 쪽에 시선 준 채) 어린 나이에 비명횡사한 게 억울한 겨?
은지	(멈칫 자리에 선다)

#7 은석의 집

전형적인 한옥 마당. 마루에 앉아 글 쓰고 있는 은석. 생활한복 차림에 길게 자란 수염이 벽상치 않다. 살며시 들어서는 은지. 천천히 돌아보는 은석, 눈매는 날카로우나 은지에게 미소 떠운다.

은석	연락하고 오지 그랬니.
은지	오빠. (와락 눈물 흐르고)
은석	(수건 건네며) 규영이랑 싸운 게냐?
은지	나, 이상해. 길을 걷다가도, TV를 보다가도 자꾸만 눈물이 나. 너무나 행복한데 가슴 한구석이 자꾸만 아파. 왜 이러지, 나.

#8 은석의 집 상담실

폭신한 의자에 편안하게 누워 있는 은지. 그 옆에서 은지에게 마인드 컨트롤을 해주고 있는 은석.

은석	자— 다섯을 세면 당신은 눈을 뜨게 될 것입니다. 눈을 뜨고 나면 당신의 기분은 좋아져 있고 눈의 피로도 말끔히 사라집니다. 천천히 숫자를 세고, 눈을 뜨십시오. 하나, 둘, 셋, 천천히 눈을 뜨십시오. 기분이 아주 상쾌해져 있습니다. 당신의 시력 또한 좋아져 있습니다. 넷, 다섯.

살며시 눈을 뜨는 은지. 만족한 얼굴로 은지를 바라보는 은석.

은석	조금 더 누워 있을래?

은지	아니. 기분이 정말 좋아졌어.
은석	언제 철들래, 막둥아. 한낱 점쟁이가 뭐라고 눈물 바람으로 돌아오고.
은지	오빠, 형제는 우리 단둘, 남매만 있는 거 맞지?
은석	(피식) 아버지가 바람이라도 피웠을까 봐?
은지	이상하지. 자꾸만 사내아이가 보여.
은석	사내아이?
은지	여덟 살이나 아홉 살 그쯤 되는데, 낯설지 않고 이상한 기분이 들어.
은석	어떻게 생겼는데?
은지	평범해. 흔히 볼 수 있는 앤데, 왠지 친근한 느낌이 들어. 동생인가 생각할 정도로.
은석	잠깐 나타나는 환각이니까 걱정하지 마.
은지	한참 됐는걸. 오빠나 규영 씨가 걱정할까 봐 이제 말하는 거지.
은석	쯧쯧, 기가 허해진 거다.
은지	만날 그 소리.
은석	뭐든 먹으러 가자 막둥아. 든든히 먹어야 헛게 안 보이지.

은석에게 끌려는 가지만, 석연치 않은 표정의 은지.

#9 음식점

마주 앉은 은석과 은지. 이것저것 은석의 앞에 음식을 놓아주는 은지, 또다시 밝아진 얼굴이다. 반찬을 다시 은지 앞에 놓아주는 은석.

은석	남 챙기지 말고 너나 챙겨 먹어.
은지	피이~ 우리가 남인가.
은석	너를 제외하곤 다 남이지. 은지야, 앞으론 너 자신만 위하면서 살아. 알았니?
은지	(왜 이런 말 하나 싶은 표정으로 보는데, 휴대전화 울린다. 휴대전화 받고) 여보세요.
규영	(F) 자기, 맛있는 거 많이 먹고 있어요?
은지	(미소) 응, 많이 먹고 있어.
규영	(F) 밥 잘 챙겨 먹나 확인해야 일이 손에 잡히지.
은지	걱정 말고 돈 많이 벌어오세요, 서방님.
규영	(F) 알았어. 사랑해.
은지	알았어요.
규영	(F) 뭐? 사랑한다는데 알았어? 당신도 빨리 말해.
은지	아휴~ 이 닭살. 오빠가 놀려요.
규영	(F) (웃음) 알았다. 들어갈 때 뭐 좀 사 갈까?
은지	아니, 됐어. 응. 그래요. 끊어요 그럼. (핸드폰 끊고)
은석	(피식) 녀석.

은지	(불현듯) 혹시 내가 예전에 규영 씨 말구 다른 사람 사랑
	한 적 있어?
은석	(굳어지고) 왜 그런 걸 묻니?
은지	밤에 누군가를 부르다 깨곤 하는데, 규영 씨가 아니야.
	그런데 그렇게 깨고 나면 가슴이 너무 아파.
은석	(딱 잘라) 이 서방 말곤 한눈판 적 없다.
은지	이상하지?
은석	혹시 규영이가 너한테 소홀한 게냐?
은지	아니. 너무 잘해줘.
은석	밥 먹고 규영이랑 같이 집에 들어가. 내가 데려다 줄게.
은지	괜찮아.
은석	그렇게 해. 혼자 있지 말고.

#10 규영의 가게

간단한 베이커리를 곁들여 파는 커피 전문점이다. 빵을 고르기도
하고 커피를 포장해 가기도 하는 손님들. 종업원은 손님에게 커피를
만들어주고 있다. 손님이 고른 빵을 담고 있는 규영. 빵 하나 달랑 들
고 규영 앞에 서는 은지.

은지	(빵 흔들며) 포장이요, 사장님.
규영	(웃음) 미인은 전부 공짠데요.

은지	내가 너무 일찍 왔지?
규영	덕분에 일찍 들어가서 좋지 뭘. 형은 안 왔어?
은지	약속 있대. 나 내려주고 바로 갔어.

#11 은석의 방

노트북 앞에서 집중해서 소설을 쓰고 있는 은석. 30대 초반의 여자 후배, 펜듈럼을 들고 들어온다.

민정	펜듈럼 이거 안 버렸어요?
은석	내 물건에 함부로 손대지 말랬지?
후배	최면 연구 계속해요, 선배?
은석	(냉정하게) 나, 이제 니 선배 아니다. 의사질도 때려치웠잖니.
후배	병원 그만뒀다고 의사 아닌 것 같아요? 한번 메스를 잡은 사람은, 평생 의사라구요. 알아요, 선배? 한번 선배면, 영원한 선배라구요.
은석	(자판만 두드리고)
후배	(다가가 노트북 돌려놓고) 도대체 왜 이래요?
은석	사는 거 재미없어서.
후배	당연하죠. 의사가 딱인 사람이 무슨 살 일 났다고 재밌을까.

은석	사이비로 몰렸잖아.
후배	정신 현상을 최면으로만 풀어대니까 그렇죠.
은석	심령 소설가가 딱이다, 난.
후배	학계 세미나 때, 의학적으로 풀었으면 성공했을 거예요.
은석	뭘 자꾸 풀어주냐, 이 아가씨야.
후배	눈에 보이는 현상만 과학이다? 말 안 되죠. 정신과학은 미신이다, 사이비다? 것두 말 안 돼요. 뭐가 됐든 치료가 돼야죠. 방법상의 문제라구요. 맞다, 틀리다가 아니라.
은석	신의 영역을 인간이 침범하면, 그만큼 대가를 치르는 거다. 명심해.
후배	그거 누가 정한 건데요. 거참, 인생 재미없네.
은석	(피식) 누가 널 말리겠니.
후배	환자가 완치만 되면, 전생 퇴행이든 최면이든 뭐든 해야 된다고 봐요. 그런 면에서 선배는 훌륭한 의사예요.
은석	위험한 생각이다. (시니컬하게 웃고) 그러니까 아직까지 내 옆에 붙어 있는 게지.

#12 은지의 집, 밤

TV 앞에 앉아 개그 프로를 보고 있는 은지와 규영. 크게 웃으며 박장대소하는 규영. 멍하니 앉아 있는 은지. 규영, 문득 조용하기 짝이 없는 은지를 보니, 은지의 눈에 눈물이 그렁그렁 고여 있다. 슬픈 표정이다. 놀라는 규영.

규영	왜 그래, 은지야?
은지	(듣지 못하고)
규영	(손잡는) 은지야.
은지	응?
규영	무슨 일이야?
은지	(가슴이 미어져 말조차 나오지 않는다)

#13 은지의 방, 밤

괴롭게 악몽을 꾸는 은지. 온통 땀과 눈물로 얼굴이 젖어 있다. 옆
에서 곤히 잠들어 있는 규영. 헉헉거리다 벌떡 일어나는 은지. 여전
히 눈물 흘리고 있다.

#14 점집, 오후

다음 날.
괘를 뽑아보는 무당. 지켜보는 은지.

점쟁이	허허~ 깜깜해. 안 보여. (다시 괘를 짚으며) 큰 사고가 있

었어. 그 사고가 영혼을 가져갔구먼. 과거가 시커멓게 가려져 있어.

은지 　(겁먹은) 대형 사고가, 교통사고였어요. 그렇지만, 멀쩡했는데…….

점쟁이 　이봐. 지비 주위엔 온통 속이는 사람밖엔 없어. 조심혀.

은지 　(부들부들) 주위? 누구요?

점쟁이 　그거야 지비가 더 잘 알지.

은지 　(매달리며) 말해주세요…….

점쟁이 　쯧쯧, 정말 나도 여기까지밖엔 몰러.

은지 　(안타까운) 신들린 무속인이시잖아요. (다급하게 백에서 돈 꺼내고)

점쟁이 　(딱 잘라) 복챈 됐어. 그냥 가. 이런 돈은 안 받어.

은지 　(막막하기 짝이 없는 표정으로 입술 깨무는데)

점쟁이 　쯧쯧, 인人은 많은데 연煙이 없었구먼? 애통하니 혼이 채 올밖에.

은지 　(오싹하고) 그럼 절 여기 데려온 게 귀신이란 거예요?

점쟁이 　(쏘아보는) 이봐. 삶에서 도망치면, 벌 받어. 삶은 직시하는 거야. 지비 혼은 지비를 기억 못혀. 그럼 나두 알 수 없는겨. 당최가 혼을 어디다 저당 잡힌겨?

은지 　자세히 설명해 주세요, 네?

점쟁이 　(갑자기 가슴을 쾅쾅 쥐어박으며 흐느끼는) 가슴이, 가슴이 아퍼. (헉헉 숨 몰아쉬고) 지비가 이렇게…… 아픈 겨…… 암시렁두 풀 게 없어서…… 헉헉…….

은지	(매달리는) 할머니…….
점쟁이	더는 정말 몰러. 고달픈 인생인 겨. 업이 많어.

#15 버스 정류장

버스가 오고 가는 데는 관심조차 없는 은지. 그저 멍하니 자신만의 생각에 빠져 있다. 은지의 옆에 앉는 두 명의 아가씨. 섹시한 차림새에 짙은 화장, 술집 아가씨들이다. 시끄럽게 수다를 떨기 시작한다.

미스 박	(껌 쩍쩍 늘이며) 아우 씨~ 고렇게 쌩까냐?
미스 리	언니 같으면 칙칙한 과거 까발리고 싶겠수? 근데 그 언니 아예 귀부인 행세던데. 기사 딸린 외제 차에, 온통 명품으로 처발랐더라.
미스 박	팔자 폈네. 팔자 늘어졌어, 아주.

시끄러운 수다에 정신 돌아오는 은지. 무표정한 얼굴로 여자들을 바라본다. 수다에 빠져 은지의 존재를 인식하지 못하는 두 여자. 살짝 이맛살 찌푸리고는 자리에서 일어서는 은지. 흘낏 째리던 미스 박, 점점 눈이 휘둥그레진다. 옅은 한숨 쉬며 그녀들을 지나치려는 은지. 다짜고짜 은지 팔 잡고 늘어지는 미스 박.

미스 박	야~ 미스 김. 너 영주 맞지?

은지	(기겁하고) 네?
미스 박	나야 나, 황금마차 박지영.
은지	(얼빠진) …….
미스 박	기억 안 나?
은지	(진정하며) 사람, 잘못 보셨어요…….
미스 박	(인상 구기고) 증말루 나 몰라? 팔자 고쳤다고 니들 너무 그러지 마라, 응?
은지	(당혹스럽기만 한데) 다른 사람을 착각하셨어요. 전 아니에요.
미스 박	뭐? 차악~각? (낄낄 웃는다) 싸가지 없는 년 또 있네. 니 년 기름 엎어서 허벅지에 덴 상처두 기억하는데, 착각? 그때 얼음 깨서 찜질해주구 약 사다 처발라주구, 것두 모자라서 병원 데려다 줬는데 내가 널 잊냐? 그뿐이냐? 에휴~ 관두자, 관둬.

끼익끽~ 기분 나쁜 소리 내며 정류장에 들어서는 버스. 은지를 흘끔거리며 게거품 무는 미스 박을 잡아끄는 미스 리.

미스 리	빨랑 타자. 늦겠다.
미스 박	(훑으며) 잘 먹구 잘 살어라, 미스 김. (실실 웃으며) 나 참…….

그저 기막히고 막막한 표정으로 두 여자를 바라볼 뿐인 은지. 버

스 떠나고, 그 꽁무니를 보고 또 보고 서 있는 은지. 멀어지는 버스
뒤창으로 히죽 웃으며 손 흔드는 미스 리.

#16 은지의 방, 밤

미친 듯이 자신의 소지품을 헤집고 있는 은지. 앨범이며 옷이며
자질구레한 것들을 펼쳐놓는다. 앨범을 들춰 보는 은지. 20대 후반의
사진 몇 장과, 남편과 결혼 후의 사진이 있을 뿐이다. 퍼뜩 한곳에 시
선 머무는 은지. 잡다한 소지품 사이에 묻혀 있는 운전면허증. 자세
히 쳐다보면 자신의 운전면허증이다. 매우 낯설게 사진 속의 자신을
바라보고 또 바라본다. 두려운 듯 천천히 치마를 올리는 은지. 허벅
지 클로즈업. 흉하게 화상이 있다. 절망스런 표정의 은지.

#17 은석의 집 상담실

다음 날.
걱정스런 얼굴의 은지, 은석과 마주 앉아 있다.

은지   나, 왜 전혀 나아지지 않는 거야?
은석   정신과 치료는 본인 의지다. 니 경우는 '블랙아웃'이라
         고, 기억상실의 일종이야.

은지	기억상실이란 걸 알면서도, 난 왜 내 과거가 안 궁금했을까. (한숨) 행복감에 빠져서 주문 걸듯 살았나 봐. 오로지 이 행복이 영원했음 좋겠다, 이러면서.
은석	억지로 기억을 끄집어내면 오히려 본인만 힘들어.
은지	(안타깝게) 규영 씨랑 오빠 외엔 아무도 모르겠어.
은석	기억 저장에는 문제가 없다. 단지 과거에 저장됐던 기억에 접근하는 데 무리가 있는 거지. 그래서 과거의 기억이 떠오르지 않을 뿐이야. 해리성 장애라고 하는데, (한숨) 현재 생활에선 무리가 없잖니?
은지	답답해. 내가 어떤 사람이었는지.
은석	평범했어. 떼 잘 쓰고, 울보에다, 고집쟁이 막내.
은지	영혼을 잃어버렸다는 게 무슨 말일까?
은석	(흠칫) 누가 그런 소릴 하디?
은지	정말 이상한 기분이 들어.
은석	(태연하게) 대형 사고여서 그렇다니까.
은지	아후~ 가슴이 꽉 막힌 것처럼 답답해.
은석	한가하니까 쓸데없는 생각만 느는 거야. 개라도 길러볼래?
은지	손 많이 가서 싫어.
은석	페릿 길러볼래? 애완용 족제빈데 개보다 손도 덜 가고 키우기 좋다던데.
은지	글쎄. 애라면 몰라도…… (갑자기 기쁜 듯) 아, 왜 아직 이 세에 대한 계획을 안 세웠을까?

은석   (얼굴 어두워지고) 애는…… 시간이 조금 걸리지 않겠니.

은지   아니야. 결정했어. 애 키울래. 규영 씨두 좋아할 거야.

#18 백화점, 낮

유아용 코너를 돌아다니는 은지. 신발이며 옷이며 아이 용품을 구경하느라 정신없다. 은지를 지켜보는 은석. 잠시 보다가, 한쪽 구석에서 규영에게 전화를 건다.

은석   나다, 규영아.

규영   (F) 형? 웬일이야?

은석   은지가 애를 가졌으면 한다.

규영   (F) 애? 임신 말하는 거야?

은석   그래. 자신의 아이.

규영   (F) 그렇지 않아도 은지가 요즘 이상해. 우울증 증세인
        것도 같고, 아무튼 형이 치료를 더 해야지 싶은데.

은석이 통화하는 줄 모르는 은지, 장난감 코너에서 이것저것 구경한다. 은지, 장난감 총을 들더니 사격 폼 잡는다. 휘청 현기증 느끼는 은지. 정신 차리려는데, #1에서 봤던 사내아이가 후다닥 뛰어간다. 그 환각에 경악하는 은지. 환영을 따라 비척거리며 뛰다 멈춰 선다. 그런 은지를 빠른 걸음으로 뒤쫓는 은석.

은석	(차분하게) 왜 그래, 은지야.
은지	(헐떡이며) 또 봤어. 이름이 준형인가 봐.
은석	(경악스런 얼굴로)

#19 은지의 집 거실

멍하게 앉아 있는 은지. 옆에서 음료 따르며 권하는 은석.

은지	그 이름…… 내가 어떻게 알지? 나, 그 꼬마를 아나 봐.
은석	환각과 현실이 겹쳐지는 일시적인 현상이야.
은지	(히스테릭하게) 지금 내가 미쳤다는 거야? 날 보고 웃었다니까.

거실로 들어서는 규영, 은지의 언성에 당황한다.

규영	은지야, 왜 그래?
은지	내가 정신병자로 보이지? 그러니까 내 말 따윈 다 무시하잖아?
규영	(소리 높이며) 장은지! 형한테 무슨 말이 그래?
은석	규영아!

규영과 은지, 사이좋게 누워 있다. 다시 평온한 얼굴이 된 은지.

| 규영 | (두 손 모으며) 기도하자 우리. 자기한테 이상한 거 안 보이게. |

규영   (두 손 모으며) 기도하자 우리. 자기한테 이상한 거 안 보이게.

은지   (웃음) 벌 받아. 이런 때만 기도하면.

규영   (어깨 안으며) 너 힘든 거 알아. 그래도 오빠한테 짜증 내지 마.

은지   당신, 사실은 나 아니라 오빠 사랑하지?

규영   뭐? 은석 형 질투하는 거야 지금?

은지   둘이 사귀는 거 아닌가 싶다니까. 만날 나 몰래 쑥덕거리고. 오빠 편만 들고.

규영   인제 알았냐 바부팅아. (볼 꼬집고) 니 치료하느라 형도 많이 힘들어.

은지   예전에 오빠가 당신도 정신과 치료 해줬다며?

규영   (예민하게) 누가 그래?

은지   오빠 후배가.

규영   별 얘길 다했네.

은지   (안기며) 규영 씨.

규영   왜 이름 부르고 그래, 무섭게. 뭐 또 조를 거 생겼구나?

은지   나…… 아기 갖구 싶어.

규영   (어두워지는)

은지	왜 진작 그 생각을 못 했을까? 규영 씨 닮은 아가가 나오면 진짜 예쁠 텐데.
규영	(담배 꺼내는데)
은지	(담배 뺏고) 이제부턴 태교에 힘써야지, 이 아저씨가.
규영	아기는 니 몸 건강해지고 가지면 안 될까?
은지	지금도 충분히 건강하네요.
규영	은지야, 내가 너한테 못 한 말이 있는데…….
은지	못 한 말?
규영	(담담하게) 나…… 자식…… 못 만들어.
은지	뭐?
규영	앞으로도 자식 못 낳아. 무정자증이야, 나.

너무나 놀라 입이 벌어지는 은지.

#21 은지의 집 부엌, 아침

다음 날.

평소와는 다르게 어색한 분위기의 규영과 은지. 기계적으로 규영의 밥그릇에 반찬 놓아주는 은지. 규영, 도무지 밥알이 어석거리지 않는다.

| 은지 | (밝게) 봉사 활동 할까 봐. 고아원에서 애들 봐주면서. |

규영	(시선 피한 채) 이혼하고 싶으면 해도 돼. 어차피……
은지	(얼른 두 손으로 규영의 입 막고) 입양할래.
규영	(잠시 보다가) 꼭 그래야겠어?
은지	응. 곱게 곱게 이쁘게 키워서…… (숨 막힐 정도로 가슴 아프다) 암튼 세상에서 젤루다 행복하게 키울래. (왈칵 눈물 쏟아지고)
규영	(여전히 시선 피하며) 그래, 그럼.

#22 커피숍

마주 앉아 있는 은석과 규영.

규영	은지 저러는 거 어떻게 할 거야?
은석	현재는 아무 방법 없다.
규영	그 대답은 형답지 않아.
은석	선택은 본인만 하는 거야.
규영	그런가. 하긴 형이 의사직 그만둔 것도 알고 보면 우리 때문이지.
은석	(소리 높이고) 규영아.
규영	미안. 요즘 그냥 자꾸 화가 나. 형한테 이러면 안 되지만.
은석	보통의 경우라면 아직은 아무 생각 없어야 하는데. (한 숨) 왜 벌써 아이 얘기가 나오는 걸까.

규영	은지가 말하는 준형이, 무서워 나. 형, 귀신을 믿어?
은석	내가 왜 사이비로 몰린 것 같니?
규영	비과학적이어서?
은석	(피식) 과학, 비과학, 그거 종이 한 장 차이다. 은지 저러는 걸 귀신이라 생각하면 미신이고, 환각으로 보면 정신과 의사 되는 거야.
규영	치료 방법 없을까?
은석	심리적인 거겠지. 의학적으로 풀어도 마음에 병이 있는 거고, 미신으로 풀어도 정신적으로나 육체적으로 건강하지 못한 거니까.
규영	결국 은지한테 달린 거다?
은석	본인이 싫으면 최면도 안 걸리는 거다. 마음 깊은 곳에 억제돼 있던 무언가가, 환각이든 귀신이든, 어떤 형태로든 나타나는 거지. 내가 아무리 정신과 의사여도 그 잠재의식까지 어쩌지는 못해.
규영	입양하겠대. 오늘 자원봉사 차원에서 고아원 갔어.
은석	뭐? 고아원? 어느 고아원?

#23 고아원 원장실, 낮

50대의 여자 원장과 담소 나누는 은지. 쟁반에 음료수를 들고 들어오던 해영, 은지 보자마자 반색하며 아는 척한다.

해영	손님이 너였어, 영주? 그동안 어떻게 된 거야?
은지	(놀라서 일어선다) 네? 전 장은지…… (순간 #17에서의 미스 박 얼굴이 떠오르고)
해영	(반갑게 손잡으며 앞뒤 살피고) 야~ 정말 좋아 보여. 예뻐졌다. 기집애, 사람 놀래키고 있어.
은지	절…… 아세요?
해영	뭐? 널 아냐구?
원장	경솔하게 손님한테 무슨 짓인 게냐?
은지	아니요오~ 여기서 같이 자란 영주예요. 원장 엄만 오신 지 얼마 안 되셔서 모르시는 거예요.
은지	(안도하고) 다른 분과 착각하셨어요. 전 고아원에서 자라지 않았어요. 돌아가셨지만 부모님도 오빠도 있어요.
해영	(미심쩍게) 아닌데. 영준데. (갸웃거리며) 영주라면 모른 척할 리 없는데…….
원장	(눈짓으로 해영 제지하고) 니가 잘못 안 게지. (은지 보고) 자원봉사하시겠다구요?
은지	네. 입양할 의향도 있습니다.

#24 고아원 식당

왼손에 수세미를 들고 열심히 설거지하고 있는 은지. 거들면서 계속 은지를 흘끔거리는 해영. 은지, 그런 해영의 눈길이 조금 거북하다.

해영	(조심스럽게) 혹시, 여기 출신인 거 숨기고 싶은 거니? 그런 거면 모른 척할게. 하지만, 그렇다면 여긴 왜 온 거니?
은지	저기요 해영 씨, 전 정말 영주가 아니에요. 해영 씨 말처럼 모른 척할 거면 여기까지 왜 왔겠어요?
해영	(물끄러미 은지의 손만 본다) 왼손잡이세요?
은지	양손 다 쓰는데, 무의식적으로 왼손을 많이 써요.
해영	어쩌면 그런 것까지 똑같을까.
은지	(묘한 기분 든다)

#25 은지의 집, 밤

규영과 은석, 식탁에 앉아 있다. 반찬이며 밥이며 부지런히 식탁에 올려놓는 은지.

은석	왜 거기까지 간 거냐. 가까운 고아원도 많았을 텐데.
은지	으응. 인터넷에서 찾는데 그냥 끌려서. 가보니까 좋아. 오빠도 한번 가볼래?
은석	(질색하고) 싫다.
은지	거기 있는 아가씨, 날 다른 여자랑 헷갈리더라. 김영주라나. 나, 그 여자랑 많이 닮았나 봐. 얼마 전엔 글쎄, 길거리에서 술집 아가씨들이 나를 막 아는 척하는 거야. 어

찌나 황당하던지.

흠칫 젓가락 놓치는 규영. 요란한 소리 내며 그릇에 부딪치는 젓가락. 음식까지 쏟아진다. 더욱 당황하는 규영, 의아한 얼굴의 은지, 난처한 표정의 은석.

#26 은지의 방

사이좋게 누워 있는 은지와 규영.

규영   (눈치 보며) 있잖아…… 고아원 안 가면 안 돼?

은지   일주일에 한 번씩 가기로 벌써 약속 다 했는걸.

규영   차라리 형이나 도왔으면 싶다.

은지   오빠? 뭘?

규영   소설 쓰다 보면 예민해지잖아. 그럴 때 음식도 해주고
        청소도 해주고.

은지   피이~ 섹시한 여자 후배 있잖아.

규영   여자 후배니까 더 불편하지. 매일 오는 것도 아니고.

은지   확 둘이 결혼하지. (큭큭 웃고)

규영   넌 형이 걱정되지도 않아?

은지   걱정 만땅이지. 아직까지 결혼 안 한 거, 그 좋은 의사
        하다 그만둔 거, 이상한 괴기 소설 쓰는 거, 모두 다.

규영	(혼잣말) 다 너 때문이다…….
은지	(듣지 못하고) 응?
규영	아니야.

#27 산부인과(불임클리닉) 상담실

다음 날.

여성 전용 병원으로 준종합병원이다. 의사 박기영이라고 쓰인 명패가 보인다. 마주 보고 앉아 있는 의사와 은지. 규영의 기록 카드를 뒤적이는 의사.

의사	짜식, 미리 연락 좀 주지…….
은지	여기 온단 말 안 했어요. 규영 씨 스트레스 받을까 봐.
의사	(미소) 이번 제수씬 천사표네. 저번 제수씨는 영 아니었어요.
은지	(숨 턱 막힌다)
의사	(차트 보느라 눈치 못 채고) 재혼을 하면 한다고 연락들이나 하지 원……. 이래서 후배고 나발이고 소용없다는 거 아닙니까.
은지	(재혼? 충격받고)
의사	그렇게 슬픈 얼굴 하지 마세요. 예전보다 임신 확률이 많이 높아졌어요.

은지   지, 지금…… 재혼……이라 하신 거죠?

의사   (아차 싶다)

#28 규영의 가게

가게 구석에 마주 앉은 규영과 은지. 커피 잔 부여잡은 은지의 손
이 가늘게 떨린다. 핏기 가신 얼굴이다. 오히려 냉정해 보이는 규영.

은지   나, 기다리려고 했는데, 당신 집에 올 때까지. 근데 너무
          떨려서…….

규영   박 선배 전화 받았어. 혼자 거기 찾아갈 줄 몰랐다.

은지   (마른침 삼키고) 치료받으면 가능성 있다길래…….

규영   간다고 얘기했음 좋았잖아? 그랬음 충격 덜 받았을 텐
          데.

은지   재혼이라고 얘기해줬는데, 내가 기억 못 하는 거야?

규영   (차분하다) 재혼이어서 기분 나쁘니?

은지   그런 말 아니잖아.

규영   은지야. 난 말이야, 내 과거가 싫었어. 그래서 너랑 새롭
          게 다시 시작하고 싶었다. 과거 따윈 다 잊고 그냥 행복
          하게.

은지   다 잊어? 과거의 기억들을?

규영   몸서리쳐지게 불행한 기억밖에 없다면?

224

은지	그냥 쉽게 잊혀져? 그게 살아지냐구?
규영	(답답하다)
은지	그래서 나를 속인 거야?
규영	그랬다기보다는…… (한숨)
은지	(퍼뜩) 주위에 온통 속이는 사람뿐이라는 거, 당신 얘기였어. (새삼 규영 얼굴 보는)
규영	속이려던 거 아니야. 너한테는 좋은 얘기만 해주고 싶었어. 뭐든지 잘해주고만 싶었다구.
은지	(일어서며) 혼자서 생각 좀 정리할게.
규영	같이 하자. (다정하게 은지 손 잡는데)
은지	(차갑게) 놔줘, 손. (나가버린다)
규영	(창밖 보며 중얼중얼) 무정자증이라…….

#29 종합병원

[플래시백]

#28

모노톤. "무정자증이라……"라는 대사와 맞물려 규영의 과거 회상 오버랩.

종합병원 산부인과. 30대 초반의 규영과 #27에서 나왔던 의사 박기영이 대화 중이다.

의사	무정자증이라……. 모르는 사람도 아니고, 이런 말 할 때가 가장 힘들다.
규영	(믿기지 않고) 나 때문에 애가 없다?
의사	노력해보자. 방법이 있겠지.
규영	(절망스러운)
의사	짜식, 울상은. 야야 - 술 고프다. (일어서서 가운 벗으려는데)
규영	(무겁게) 아니. 나중에.
의사	(밝게) 니네 부부, 금실 끝내주잖아? 병원에 소문 다 났어, 닭살 커플이라고. 그래서 삼신할멈이 시샘하나 보다. 심술쟁이 할멈 같으니라구.

#30 규영의 집

과거.

부엌에 케이크며 샴페인이며 예쁘게 장식하고 있는 규영 아내. 침울한 표정으로 들어오는 규영.

규영 아내	(규영의 엉덩이 두드리며) 어이구~ 이쁜 우리 신랑, 빨리 오라니까 눈썹 휘날리며 달려왔네?
규영	무슨 일 있어?
규영 아내	(기쁜 얼굴로) 좋은 소식이야. 샴페인 터뜨릴 정도로.

규영   (침울하게) 나도 할 말 있어.

규영 아내 나 먼저, 응, 나 먼저.

규영   (아내의 애교가 귀엽기만 하고) 그래, 먼저 해.

규영 아내 나, 임신했어. 사 년 동안 당신이 그렇게 바라던 아기를 가졌다구. 아빠 되는 거야 당신. 꿈만 같지?

규영   (뻥한) 뭐?

#31   규영의 가게

현재. 컬러톤.
멍하니 창밖 바라보고 있는 규영.

#32   고아원 마당

마당에 세탁한 빨래들이 잔뜩 널려 있다. 빨랫줄 옆에서 사내아이며 계집아이며 뛰놀고 있다. 택시에서 내리는 은지, 머리가 띵하다. 힘든 걸음으로 고아원으로 들어서는 은지, 뛰어노는 아이들을 바라본다. 한 아이의 얼굴을 물끄러미 바라보는데, 순간 환각으로 보였던 그 사내아이의 얼굴과 겹친다. 미친 듯이 소리 지르며 달려가는 은지.

은지   잠깐, 가지 마, 준형아.

고함에 놀란 아이들, 다들 정지한 채 은지만 쳐다본다. 쥐 죽은 듯이 조용해지는 고아원. 멀리서 그런 은지를 보고 뛰어와 부축하는 해영.

은지   (횡설수설) 또 가버렸어. 미안해요. 규영 씨가 나한테 어
        떻게……. 아니 갈 데가 없었어요……. 아무 데두, 정말
        아무 데두…….
해영   괜찮아요?

힘없이 고개 끄덕이는 은지. 그런 은지의 팔을 조심스레 잡아주는 해영.

#33   고아원, 해영의 숙소

모락모락 김이 나는 모과차를 은지의 앞에 따라주는 해영.

해영   마셔요. 은지 씨 닮은 친구가 모과차 참 좋아했어요.
은지   (천천히 입에 대고) 기억상실이래요, 나…….
해영   네?
은지   과거를 기억하지 못한대요.
해영   그럼, 영주? 영주 맞아요?
은지   몰라요. 영주 씨란 분, 지금 어떻게 사는지 모르죠?

해영	여기 나가고 얼마 후에 연락 끊겼어요.
은지	영주 씨는 어떻게 고아원을 오게 된 거죠?
해영	(잠시 망설이다) 꼭 알고 싶어요?
은지	네?
해영	처음엔 참 서운했어요. 영주가 날 모른 척하는구나. 그래, 모른 척해주자. 사실을 안 지금은, 그냥 이대로 살았음 좋겠다…… 그런 마음이 드네요. 과거 같은 거 싹그리 잊어먹고 행복하게 살아라…… 뭐 그런 마음.
은지	다들 기억을 찾지 말라네요. 분명 병인데, 치료하지 말고 그냥 살래요.
해영	그게 그렇게 중요해요?
은지	내가 누군지조차 모르고 살다 죽을 순 없잖아요. (사이) 영주라는 사람, 그렇게 불행했나요?
해영	우선 부모한테 버림받았잖아요.
은지	(얼굴 감싸고) 기억 안 나요. 분명 부모님이 계셨고, 3년 전에 두 분 다 돌아가셨어요. 그냥 평범한 생활을 했다는 것밖에는…….
해영	영주요, 어깨에 희미하게 노란색 반점이 있었어요.
은지	(놀라며) 어, 어느 쪽 어깨?
해영	오른쪽이요.
은지	나, 있어요. 노란색 반점.
해영	처음부터 확신했어. 쌍둥이 아니고서야 이렇게 닮을 수가 없지.

은지	나? 내가 영주? 영주랑, 아니, 나랑 연락 끊기기 전에, 그때 나 어땠어?
해영	(기억 더듬느라 이맛살 찌푸리며) 황금마차라고, 술집 나갈 때였어. 동거도 했고.
은지	황금마차! 동거? 규영 씨랑?
해영	몰라. 여기 나가고는 안 만났으니까. 동거한다고 내가 무지 화냈거든. 정상적인 놈하고만 동거했어도 그렇게 화내지 않았어, 나.
은지	규영 씨가 어쨌게?
해영	너무 무책임하잖아. 결혼도 안 하고 애 덜컥 임신시키고, 그랬음 착실하게 돈이라도 벌든가. 주사도 심해서 가끔 맞기도 한 것 같던데. (열 내며) 만났음 그 자식 반쯤 죽이고 싶더라 아주.
은지	임……신? 내가? 내가 애를 낳았어?
해영	낳았는지는 모르겠어. 연락을 완전히 끊어서.
은지	(머리 감싸 쥐고) 나랑 규영 씨가 동거했었나? 그래서 내가 임신? (퍼뜩) 규영 씨가 아니야. 무정자증…….
해영	응?
은지	여기, 은석 오빠도 같이 버려진 거니?
해영	오빠?
은지	(부들부들) 호, 혹시 나…… 오빠도 없는 거니?
해영	(두렵다) 혼자 버려졌어, 영주는.
은지	(경악하는)

#34 은석의 차 안

운전석에 앉아 규영과 통화 중인 은석.

은석   술 그만 마셔 규영아. 은지, 갈 곳이라곤 고아원이 전부
         다. 내가 찾으러 간다니까. 걱정 마.

#35 구청

호적등본과 초본, 주민등록등본 등의 서류를 들고 건물을 나서
는 은지. 이상한 점이나 자신의 정체에 대한 실마리를 전혀 찾을 수
없다.

은지   (막막해하며) 아무것도 없네. 이젠, 이젠 뭘 어째야 하는
         거지.

#36 고아원 원장실

은석과 원장이 앉아 있다.

은석   죄송합니다. 초면에 이런 부탁 드려서.

원장	이해합니다. 굳이 아는 척할 필요 없겠지요. 간혹 여기 출신인 걸 속이는 아이들도 있는걸요. 해영이 아니었으면, 장은지 씨가 여기 출신인지도 몰랐을 겁니다.
은석	해영 씨란 분, 만나볼 수 있을까요?

#37 고아원, 해영의 숙소

은석과 원장, 해영이 어색하게 마주 앉아 있다.

은석	장은석입니다. 은지 친오빱니다.
해영	(믿을 수 없다. 내색하지 않고) 무슨 일로 저를?
은석	은지, 어디 있습니까?
해영	왜 저한테 물으시죠?
은석	(해영의 진의를 파악하기 위해 잠시 본다) 부탁 하나 드리겠습니다.
해영	(원장 보고)
원장	(승낙의 표정으로 *끄덕끄덕*)
은석	은지는 지금 환잡니다. 자신을 영주라는 인물로 착각하고 있어요. 영주라는 사람에 대해 물으면, 관계없는 사람이라고 말해주십시오.
해영	왜죠?
은석	나를 안 믿는군요.

해영	믿어야 하는 건가요?
원장	해영아! 손님한테 너무 무례하구나.
해영	(잠시 보다) 무조건 영주가 아니다, 그럼 되죠?
은석	(깊이 한 번 끄덕이고) 사고 이후 은지 기억이 꼬여 있습니다. 잘못된 기억이 계속 엉키면, 정신적으로 위험합니다.

#38 은지의 집 거실

술 마시고 있는 규영. 소리 없이 들어오는 은지, 규영 앞에 앉는다. 그제야 다소 풀린 눈으로 바라보는 규영.

은지	어느 쪽이 진짜야? 자상한 내 남편? 아님 거짓말 잘하는 이규영? 누가 진실이야?
규영	(혀 말린) 둘 다. 둘 다야.
은지	나랑 동거했던 사람 어딨어? 당신, 알지? 알면서 나랑 결혼한 거지?
규영	(숨이 턱 막힌다) 어디까지 기억하는 거니?
은지	질문하지 마 당신. 그럴 자격 없어. 대답만 해.
규영	기억 돌아왔다면, 더 이상 묻지 마.
은지	확인해야겠어. 내 기억이 정확한지.
규영	잔인하구나.
은지	속이는 사람은 아닌 것 같아? 이젠 말해줘도 되잖아?

규영   (술 들이켜고) 형한테 확인해.

은지   (가까스로 진정하고) 장은석 씨, 내 친오빠 맞아?

규영   (잠시 본다) 맞아.

은지   거짓말! 고아원엔 나 혼자 버려졌어.

규영   (한숨) 넌 왜 정작 중요한 것만 잊어먹는 거니. 왜 나쁜
       기억, 슬픈 기억만 간직하는 거냐구.

은지   대답해줘. 장은석 씨 누구야?

규영   형 먼저 버려지고, 넌 나중에 버려졌어. 버려지자마자 형
       은 미국에 입양됐고.

은지   (믿기지 않고)

규영   너 때문에 의사 생활도 그만둔 사람이야. 의심하지 마.
       넌 여섯 살, 형은 열한 살에 버려졌다.

은지   (일어선다) 오빠를 만나야겠어. 열쇠를 쥔 건 오빠야. 같
       이 가. 모두 같이 있어야 할 것 같아.

#39 택시 안

규영과 은지, 서로 서먹하게 떨어져 앉아 눈 감고 있다. 비몽사몽
옅은 잠이 든 은지. 또다시 악몽에 시달리는지 신음을 내뱉으며 가
늘게 뒤척인다.

234

#40   공원

은지의 꿈이자 과거의 기억.

웃으며 공원을 뛰어다니는 준형(대여섯 살). 벤치에 앉아 그런 준형을 지켜보는 은지. 준형, 은지 보고 까르르 웃는다.

준형   (오라고 손짓) 엄마, 일루 와 엄마~

앞으로 마구 내달리는 준형. 공원 바깥으로 나갈 것만 같다. 준형을 데려오기 위해 일어서는 은지.

은지   준형아, 가지 마. 엄마 힘들어. 나가지 마.

#41   택시 안

현실.

"준형아~" 하고 소리 지르며 눈을 번쩍 뜨는 은지, 숨을 헐떡인다. 놀라서 은지를 잡아주는 규영. 백미러로 은지를 보는 기사.

규영   괜찮아?
은지   (괴롭게 헐떡이면서도 규영의 손을 뿌리친다)

#42 은석의 집 마당

비척거리며 마당에 들어서는 은지. 얼굴이 하얗게 질려 있다. 그 뒤로 들어오는 규영. 마루에 있던 은석, 맨발로 마당에 나선다.

은지	준형이, 준형이 어딨어?
은석	진정해 은지야.
은지	뒤죽박죽……. 미칠 것 같아. 그러니까 전부 말해줘.
은석	(깊은 한숨) 들어가자. (은지를 부축해 들어간다)

#43 은석의 집 마루

은지, 은석, 규영, 세 사람 다 무겁게 앉아 있다.

은석	모르는 게 약이 될 때도 있다.
은지	이건 아니지. 의사든 오빠든 내 과거나 현재를 좌지우지할 순 없어.
은석	잊고 싶어한 니 과거다.
은지	이젠 찾고 싶어.
은석	좀 더 나중에. 정신적으로 안정되면 말해줄게.
규영	형. 더 이상 어쩔 수 없는 것 같다.
은석	기억이 충돌하면서 잠깐씩 떠오르는 과거만으로도 괴

롭잖아? 한꺼번에 모든 걸 알게 되면 정신적인 충격이
너무 커.

은지   그게 더 미치겠다구. 조각조각 뒤죽박죽. 뭐가 꿈인지 어
       떤 게 내 과건지 알 수가 없어.

규영   최면요법 쓰면 되잖아.

은석   (단호하게) 그러고 싶지 않다. 최면으로 해결될 문제가
       아니야.

규영   충격을 줄일 수 있잖아.

은지   뭐든 좋아, 뭐든지. 머리가 터져버려도 이렇게 사는 것보
       다 낫겠어.

은석   진심인 거냐? 그토록 강렬하게 니 의지 하나만으로 과
       거가 알고 싶은 거냐?

은지   (노려보는 듯하던 눈에서 아프게 눈물방울이 흐른다) 나, 믿
       고 싶지 않은데 또 기억났어. 준형이, 내 아들 준형
       이…….

은석   (깊은 한숨) 알았다. 기억, 찾아줄게.

#44 은석의 집 상담실

온통 하얀색 천으로 덮인 푹신한 소파. 그 소파에 파묻히듯 기대
어 앉아 있는 은지. 옆에서 걱정스런 얼굴로 바라보고 있는 규영. 은
석, 펜듈럼 들고 은지에게 다가간다. 은지의 눈앞에 천천히 펜듈럼 흔

드는 은석.

[인서트]

화면 위로 은석의 목소리. 하얀색 커다란 문이 보인다. 그 주위를 감싸는 강렬하고 투명한 빛. 그 문에 사뿐히 다가가는 발, 문에 들어선다.

은석　　(E) 이제 당신의 발이 시간의 문에 들어서는 순간, 당신의 잠재의식은 한 시간 전, 하루 전, 한 달 전, 일 년 전으로 빠르게 시간을 역행해갈 것입니다. 당신의 모든 정신을 내 목소리에 집중하십시오. 잠시 후, 당신이 원하는 모든 것을 볼 수 있습니다.

은석의 목소리 오버랩.

#45　황금마차 내부

최면에 의한 과거 회상.

은지의 잠재의식 속 과거 기억이다. 짙게 화장한 20대 후반의 은지, 한 손에 술병을 들고 있는 20대 후반의 철봉, 30대 초반의 규영, 30대 후반의 은석. 구석 자리에 앉아 있는 은석과 규영. 그 앞쪽에 앉아 거칠게 말다툼을 하고 있는 은지와 철봉.

은석   (E) 무엇이 보입니까?

은지   (E) 나랑, 철통이…… 막 싸워요.

철봉   (병째 술 들이켜고) 룸엔 들어가지 말랬지? (은석 가리키
        며) 저 새낀 왜 또 따라 들어간 거야, 엉?

은지   이게 다 누구 때문인데? 내 인생 망친 건 너야, 이 양아
        치 새끼야.

철봉   또 그 타령이냐. 어휴 씨발. 지긋지긋하다 아주.

은지   뭐? 타령?

철봉   니가 밖으로만 나도니까 준형이도 새벽까지 여기 기웃
        대잖아? 서방이고 자식이고 다 내팽개치고 잘하는 짓이
        다.

은지   꼴에 할 건 다해요. 니가 질투할 자격이나 있냐? 서방?
        말이 좋아 서방이지, 너랑 나랑 뭘로 봐도 아무 사이 아
        니셔. 아냐?

철봉   이게! (손 올리는데)

은석   (급하게 다가와 손목 잡고) 무슨 짓입니까?

철봉   (눈 부라리며) 당신 뭐야? 뭔데 아까부터 남의 부부 사이
        에 끼어들어?

은지   (바락바락) 쳐라 쳐! 또 주먹 날려보시지 왜?

철봉   (이 악물고) 닥쳐라.

은석   밖에서 조용히 얘기합시다.

철봉   당신 뭐냐니까?

은석   영주 오빠야 나.

철봉과 은지, 동시에 황당한 얼굴로 쳐다보는데, 다음 신으로 맞물리는 은석의 목소리.

은석 (E) 당신의 잠재의식은 조금 더 앞으로 나아갑니다. 셋을 세고 나면 당신의 의식은 보고 싶은 장면으로 넘어갑니다. 하나, 둘, 셋……

#46 대로변

깊은 밤이라 오고 가는 차는 보이지 않는다. 멀리서 업소용 술을 배달하는 화물차 한 대가 무서운 속력으로 달려온다. 그 뒤를 따르는 은석의 자가용.

#47 화물차 안

운전석에는 규영이 타고 있다. 그 옆에 철봉과 은지가 쪼르르 타고 있다. 은지의 눈, 시퍼렇게 멍들어 있다. 여전히 거칠게 싸우는 은지와 철봉.

은지 (연신 거울 보며) 니가 사람 새끼냐? 얼굴을 이따위로 만들어놓게.

철봉	(여전히 병째 술 들이켠다) 닥치고 있음 손 안 댔잖아.
규영	(짜증스럽게) 따로 타시라니까 같이 붙어서 또 싸워요들?
철봉	영주 오빠? 웃기지 말라 그래. 저 새낄 어떻게 믿고 따로타?
은지	넌 그렇게도 자신 없냐? 지 여자라면서 늘상 의심하게?
철봉	야야— 갑자기 나타나선 오빠? 어디서 둘이 짜고 구라야? 너 고아라며?
은지	그래, 이 나쁜 놈아. 나 고아다. 저 아저씨, 오빠 아니어도 당장 따라가고 싶어. 너보다 천 배는 남자답고 매너 있어. 여자나 때리는 주제에!
철봉	뭐야? (주먹 번쩍 드는데)

분노에 찬 은지, 온몸으로 철봉을 밀어버린다. 그 힘에 밀린 철봉, 중심을 잃고 규영 쪽으로 쓰러진다. 커브 틀던 규영, 철봉의 무게가 가중되는 데다가 시야까지 가려져 운전대를 제대로 잡지 못한다. 순간 퍽! 하고 차창으로 어린아이 몸뚱어리가 덮인다. 동시에 놀라 쳐다보는 사람들, 준형의 얼굴이 정면으로 차창에 닿아 있다. 너무 놀라 운전대에 얼굴을 박는 규영. "아악" 하고 두 손으로 얼굴 가리는 은지와 철봉.

은지	으악! 아악! 준형아!

#48 은석의 집 상담실

현실.

"아악~ 준형아, 준형아"를 외치는 은지. 막 소리 지른다. 온몸을 버둥거리며 쇼크를 일으키는 은지. 놀라서 은지를 잡는 규영. 은석, 주사를 놓으려 하지만 은지가 심하게 움직여서 주사를 놓을 수가 없다. 규영이 온몸으로 은지를 잡고서야 간신히 은지에게 주사 놓는 은석.

#49 은석의 집 마루

규영 앉아 있고, 은석이 그 앞에 다가와 앉는다.

규영	잠들었어, 은지?
은석	응.
규영	일어나면 괜찮아질까?
은석	암시문을 넣었지만, 예전 같은 효과는 없을 거다.
규영	이제 어쩌지?
은석	넌 잠시 다른 데 가 있어.
규영	우리, 돌이킬 수 없는 짓을 했어.
은석	최악의 선택이 최선이었다.
규영	그때 우리가 다른 선택을 했더라면, 그랬더라면 우리는 어땠을까?

눈을 감아버리는 은석.

#50 건물 옥상

[플래시백]

눈을 감은 은석의 과거 회상. 모노톤.

저녁노을이 깊게 물들고 있는 저녁이다. 상복 입은 은지. 슬프디슬픈 얼굴로 아래만 내려다보고 있다. 씽씽 달리는 자동차들. 검은 양복 입은 은석이 다가온다.

은석	영주 씨.
은지	(멍하니 보고)
은석	내려가요.
은지	(눈물만 흘리고)
은석	내일이 발인인데, 엄마가 옆에 있어야지.
은지	(허한 눈빛) 아무도 없어.
은석	(마음 아픈) 아직은, 정말 아직은 아니야 영주 씨.
은지	이제 정말 아무도 없어…….
은석	찾아줄게. 영주 씨 가족, 영주 씨 행복. 약속할게.
은지	정말 누구……세요? 왜 도와주는 거죠?
은석	어렸을 때부터 알던 사람. (부축해주려는데)
은지	(본능적으로 뿌리치고)

은석   나, 정신과 의사야. 공부하다 보니까 칠의 법칙이란 게
              있어. 그중 하나가 자살한 사람의 칠십 퍼센트가 자살하
              기 전에 의사를 만난다는 법칙. 영주 씨 자살하게 놔두
              지 않을 거야.

은지   (주춤하고)

은석   지금 힘들 때여서…… 그래서 그래. 내가 도와줄게.

여전히 보고만 있는 은지에게 손 내미는 은석. 은지, 그저 멍하니
보고만 있다.

#51 고도소

[플래시백]
계속 이어지는 은석의 과거 회상. 모노톤.
죄수복을 입은 철봉과 면회 중인 은석과 규영. 규영은 조금 떨어
져 서 있다.

은석   돈은 계좌에 입금했어.

철봉   아들 죽음을 담보로 거래라…….

은석   출소하면 당신 인생도 바뀌는 거야. 그 돈이면 평생 먹
              고살 돈이야.

규영   형.

은석	아무 말 하지 마. 이걸로 모든 걸 마무리 짓는 거야. 이 쪽은 원하는 돈을, 너는 자유를 맞바꾸는 거다.
철봉	당신, 정말 영주 친오빠 맞아?
은석	(깊게 끄덕이고) 다신 영주 앞에 얼씬대지 마.

질린 얼굴로 은석을 바라보는 철봉. 차갑게 규영을 돌려세워 나오는 은석.

#52 은석의 집 마루

현실.

눈 감고 앉아 있는 은석. 규영은 이미 보이지 않는다. 파일 들고 상담실에서 나오는 은석의 후배, 앉는다.

| 후배 | (파일을 펼치며) 다시 봐도 이론적으론 완벽해요. 저장된 기억을 묶어둔다는 거. 블랙아웃이랑 비슷한 원리죠. 물리적, 정신적 충격에 의한 해리성 장애. 그걸 인력으로 조작할 수 있다, 멋지네요. 선배다운 발상이에요. 물론, 개인 연구로 끝나겠지만. |

얼른 은지가 잠들어 있는 방문 살피는 은석, 거칠게 여자 후배를 잡아채서 상담실로 끌고 간다.

#53 은석의 집 방

식은 땀 흘리며 잠들어 있는 은지, 잠시 몸을 뒤척이더니 일어난
다. 순간적으로 방 안을 둘러보는 은지.

#54 은석의 집 마루

방에서 나오는 은지, 사람들을 찾아본다. 머리가 띵해 옴을 느끼
는 은지. 이마에 손을 대본다.

#55 은석의 집 부엌

냉장고에서 물 꺼내 마시는 은지. 물컵 든 채로 상담실로 소리 없
이 걸어간다. 살며시 상담실 문을 열어보는 은지.

#56 은석의 집 상담실

은지의 시선으로 보는 은석과 후배.

후배　　규영 씨가 자기 기억을 지우랬을 때, 선배는 분명 주저했

어요.

은석   독한 놈이 아니니까. 여린 놈이니 와이프 때문에 손목 굿지. 이혼, 남들은 멀쩡히도 하는데.

후배   결국 선배가 최면으로 치료했잖아요.

은석   사람들 말처럼 난 사이비 최면술사에 불과했다. 의사로서의 소양이란 건 눈곱만큼도 없었어.

후배   병원 그만둔 이유 이제야 알겠어요. 이 일이 알려졌다면, (생각만 해도 끔찍한 듯 머리 절레절레 흔들고) 대서특필됐을 거예요. 도덕성 문제, 해선 안 되는 연구. 게다가 그놈의 신의 영역. 지나쳤어요, 선배. 이론에만 그칠 일을 사람한테 실험한 거라구요. 이제 은지 씨 기억 다 돌아올 텐데, 어쩌려 그랬어요?

은석   나, 용서받을 수 없겠지.

후배   지금이라도 솔직히 말하세요. 기억 돌아오기 전에. 치료 때문에 어쩔 수 없었다구요. 또다시 자살하는 거 볼 수 없었다구요.

은석   구실일 뿐이다. 그 파일, 은지에 대한 연구 기록이야. 깊이 숨겨놓고 매일 관찰하고 기록했다. 아니라고 하면서도 궁금했어. 내 가설이 맞다는 자만심에 가득 차서, 한편으론 이 실험을 즐겼다.

후배   (한숨) 치료였어요. 그렇게 믿을래요. 선배도 그렇게 생각해요.

은석   (시니컬하게) 결국 내가 지운 기억을 내 손으로 되살리는

꼴이구나. 기억 못하도록 꽁꽁 묶어놓았던 암시, 오늘로
서 다 풀렸다.

순간 물컵 떨어뜨리는 은지, 분노로 온몸이 부들부들 떨린다. 그
소리에 놀라 벌떡 일어서는 은석과 후배.

은석   은지야!

등 돌려 도망치듯 달려 나가는 은지. 쫓아가는 은석과 후배.

#57 은석의 집 방

떨리는 손으로 가방 챙겨 드는 은지. 얼른 그런 은지의 가방을 잡
는 은석. 그 뒤로 미안하게 서 있는 후배.

은석   내 말부터 들어. 은지야.
은지   그런 거였어? 일부러 내 기억 지운 거야? 오빠가?
은석   은지야! 그, 그건 말이다…….
은지   그래서 매일같이 최면 테이프 듣게 했어? 그래야 내 기
          억이 잠재의식 깊숙이 처박혀 있을 테니까? 아무것도
          기억할 수 없게 말이야. 오빠가 걸어놓은 봉인 주문 같
          은 거였어?

은석	기억 지우지 않았으면, 넌 미치거나 죽어버렸을 거다.
은지	모르모트처럼 실험에 이용한 거였어. 자기 친동생을…….
은석	니가 원했다.
은지	난, 당신의 그 지적 호기심에 놀아난 거야. 인간 모르모트에 불과했어. 싱싱한 인간의 뇌가 필요했던 거지.
은석	단지 그거라면, 이렇게 노력하지 않았다. 니가 원하는 행복한 삶, 그건 피눈물 나는 내 노력의 결과였다.
은지	당신의 그 잘난 연구 결과? 내 자식 치어 죽인 인간 품에서 행복할 거라 생각했어? (왈칵 눈물 쏟아지고) 내가 그런 인생 만들어달라고 부탁했던가?
은석	그건 사고였어. 규영이, 맹세했다. 평생 속죄하는 마음으로 너를 행복하게 해준다고.
은지	모든 게 만들어진 행복? 내 기억, 내 생활, 다 허상이었어. 결국 나까지 당신들이 만들어낸 인간이었던 거야.
후배	(다급하게) 오해예요. 기록 파일은 원래 환자 상태를 체크하기 위한 거예요.
은지	치료를 위해서 모든 게 용납된다? 무서운 사람이야, 당신들.

후배까지 매섭게 노려보는 은지. 찔끔하는 후배. 찬바람 나게 등 돌려 나가는 은지. 잡을 엄두조차 내지 못하고 망연자실 서 있는 은석. 페이드아웃.

한 달 후.

페이드 인. 고아원 마당 한구석에 쪼그리고 앉아 있는 은지. 올망
졸망 매달린 토마토를 멍한 눈으로 하염없이 바라보고 있다. 살며시
다가오는 해영.

해영	무슨 생각을 그렇게 골똘히 해?
은지	준형이만 했을 때, 여기 앉아서 울었던 기억. 엄마 기다리면서.
해영	내가 눈물 닦아줬었지.
은지	새록새록 다 떠오르네, 과거가……. 난 참 나쁜 엄마, 나쁜 여자였어.
해영	왜 자꾸 안 좋은 생각만 하니. 니 잘못 아니야. 어쩌다 보니 이렇게 된 거지.
은지	자살한다고 차에 뛰어들었어. 그래서 내 기억 지운 거야. 알고 보면 모든 일의 시작은 나였어.
해영	(안타깝게 감싸 안는다.) 그만 생각해, 응?
은지	나…… 왜 자꾸 엄마가 보고 싶을까.
해영	(조심스럽게) 사실은 은지야, 아까부터 이규영 씨가 와 있어.
은지	(그저 보기만)
해영	그냥 돌려보낼까?

앉아 있던 규영, 은지가 들어서자 어색하게 일어선다. 그런 규영을 등지고 창가로 가는 은지.

규영　　오늘도 못 만날 줄 알았다.

은지　　고아원 앞에 매일같이 앉아 있다 가는 거, 그만하라 그래요. 규영 씨도 매일 올 필요 없어요.

규영　　알고 있었구나. 은석 형 저러는 거.

은지　　(규영 쪽 본다)

규영　　해쓱해졌다.

은지　　여전히 다정하네.

규영　　가증스럽다고 욕해도 할 말 없다, 나.

은지　　기억 지워달란 거, 나였어. 내가 먼저 부탁했어. 어쩌면 내 장단에 놀아나준 건지도 모르지. 우린 그렇게 서로 다른 목적으로 여기까지 온 건가……. 영혼을 팔아서라도 행복해지고 싶다고 생각했었어. 그땐 그랬는데, 참혹한 기분만 드네.

규영　　미안하다. 용서받지 못해도 빌고 싶었다.

은지　　내가 밀지만 않았어도 준형인 살아 있겠지……. 난 언제나 비겁했어. 아무 노력도 없이 철봉이 탓만 하고…….

규영　　만나볼래, 철봉 씨?

은지　　인人은 있는데 연緣이 없으면, 그건 슬픈 인연이겠지. 이

	제 그런 인연 만나지 않을래. 부모와의 연도, 남편과의 연도, 자식과의 연도, 그게 없어서……. 그래서 우린 슬픈 걸까.
규영	한 번쯤 만나봐도 괜찮지 않을까 싶다.
은지	잘 살고 있겠지. 좋은 여자 만나서……. 그렇게 믿을래. 깨끗이 잊어주는 거, 그게 내가 해줄 수 있는 전부야. 그 사람 만날 자격 없어, 나.
규영	잘 있어 철봉 씨. 더 이상 자책하지 마.
은지	…….
규영	은석 형, 그만 용서해주지 않을래?
은지	당신, 왜 나랑 살았어? 죄책감 하나로 그렇게 다정할 수 있을까…….
규영	너 보면, 날 보는 것 같았다. 상처 많이 입었구나. 그런 사람끼리 서로 덮어주고 살면 어떨까. 노력하면 행복해지겠지. 나야말로 주문 걸듯 살았다.
은지	너무 다정해서 감쪽같이 속았어. 당신은 현재에 최선을 다한 거야.
규영	나, 용서할 수 있겠니?
은지	(그저 슬픈 눈으로 바라보기만 한다)

#60 은석의 집 마당

은지의 파일 등을 불살라버리고 있는 은석. 마지막으로 노트북까지 불구덩이에 던져버린다. 그 뒤에서 지켜보는 여자 후배, 손에 들린 펜듈럼 하나가 달랑거리고 있다.

후배   완전히 접는 거예요?

은석   (묵묵히 막대기로 불구덩이 뒤집는다)

후배   이제 소설도 안 써요?

은석   …….

후배   원점이지만, 노력한 거랑 안 한 거랑 천지 차이예요. 힘 내요, 선배.

은석   (그제야 돌아보며) 아직도 나를 믿니?

후배   (대답하지 못하고)

다시 막대기로 불구덩이를 뒤집는 은석. 활활 타오르는 불꽃.

#61 고아원, 해영의 숙소

짐 정리하는 은지. 옆에서 걱정스럽게 쳐다보는 해영.

해영   (조심스럽게) 장은석 씨가 엄마도 찾고 있대. 자식 버린 부모라고 원망하던 마음도 버리고, 너 위해서 찾는단다. 이제 너한테 가족이 생기는 거야.

은지	얘기 들었어. 잠깐 떠나는 거야.
해영	여기서 생각 정리하면 되잖아? 꼭 가야겠어?
은지	삶을 직시할 수 있도록 연습하러 가는 거야. 곧 돌아올게.
해영	(한숨) 가자마자 연락해. 걱정시키지 말고. (짐 들어주려는데)
은지	나오지 마. 전화할게.

#62 고아원 문 앞

은석의 승용차 서 있다. 운전석에 앉아 고아원 바라보고 있는 은석. 그 시선에 짐 가방 들고 나오는 은지의 모습이 보인다. 차에서 내려 은지에게 다가가는 은석.

은지	그러지 말라고 규영 씨가 말 안 해? 뭐하러 매일 이러구 앉아 있어?
은석	그냥 그러고 싶었다.
은지	결국 내가 원한 거였어. 모든 게 다. 원망 안 해. 그러니까 이럴 거 없어.
은석	아직 아무런 용서도, 납득도 안 될 거라는 거, 안다.
은지	나한테 화난 거야. 다른 사람이 아니라 나 자신한테.
은석	(가방 보며) 집으로 가는 거니?

은지	아니. 그냥 여기저기 다녀보고 싶어. 한 번도 그러지 못 했으니까.
은석	데려다 줄게.
은지	엄마 찾는다는 말, 들었어.
은석	그래야 니 마음이 편할 것 같더구나.
은지	앞으론 나한테 맞추지 마. 내 일은 내가 알아서 할게.
은석	내가 누구를 용서할 수 있겠니……. (말없이 은지 가방을 잡으면)
은지	아니, 혼자 갈래.
은석	은지야.
은지	지금부터 내 인생, 혼자 힘으로 노력할래. 이제 이 현재 가 과거가 되고 미래가 되겠지. (은석을 스쳐 앞으로 걸어 간다)
은석	(은지 등에 대고) 규영이도 나도, 아직 우리는 현재의 인 연인 거니?

등 돌려 은석을 바라보는 은지. 잠시 바라보다가, 대답 없이 걸어 간다. 그런 은지를 바라보는 은석. 그 두 사람 위로 천천히 떠오르는 엔딩 크레디트.